恋愛の誕生

12世紀フランス文学散歩

水野 尚

学術選書 015

京都大学学術出版会

KYOTO UNIVERSITY PRESS

まえがき

恋愛とはなんでしょう。

私たちは好きな人に会えると思っただけでドキドキしたり、うきうきした気分になります。しかし時には相手のちょっとした仕草が気になり、なにも手につかなくなったりもします。恋愛は人の心に大きな力をおよぼし、私たちを一喜一憂させる不思議な感情です。

こうした感じ方はあたかも人間のＤＮＡに組み込まれているかのように、古今東西にわたって普遍的なもののように思われるかもしれません。しかし実際には、人の心を一喜一憂させるこの感情こそが「恋愛」であるという見方は、十二世紀のフランスで発明された感受性だと考えられています。もしあなたが、恋愛においていちばん大切なのはお互いの心だと考えているとすれば、十二世紀に発明された恋愛観をそのまま受け継いでいるということになります。それ以前の時代に「恋愛」または「愛」と呼ばれていたものは、男性が女性にいだく欲望でしかなく、愛を得るとは女性を肉体的に手に入れるという意味でした。そうしたなかで、十二世紀に突然、変革が起こります。女性が男性よりも上位に置かれ、崇拝の対象となったのです。そしてその時、恋愛は肉体を越えた心の問題になりました。本書の題名である「恋愛の誕生」とは、恋愛が肉体の次元から精神の次元に焦点を移したことを意味しています。それ以来、現在の二一世紀にいたるまで、世界中の恋愛観はずっとその影響下にあります。

当たり前だと思っていることが実は歴史的な変化の結果だと理解するのはなかなか難しいことです。そこで最近の日本の恋愛観を通して、恋愛と結婚および性的関係の変化を見てみましょう。明治時代から十年ほど前までは、恋愛して結婚にいたるというコースが理想であり、性的な関係は結婚を前提にして初めて心理的に許されるという意識があったように思います。つまりいわゆる「ロマンチック・ラブ」が支配的でした。当時は結婚前の性的関係にはどこか後ろめたさがつきまとっていました。

それに対して、十年ほど前からは性に対する意識ががらりと変化したようです。恋人と一緒に旅行をすると両親にもオープンに言うことができますし、両親もそれを認めているようです。性的関係は恥ずかしいことではなく、結婚につながる必要もありません。好きな人であればベストですが、気が合う程度でも許されたりします。性に関するこうした短いスパンの変化は、いま当たり前だと思っていることが以前はそうではなかったと実感させてくれるいい例です。私たちの感受性の多くは歴史的に条件づけられたものなのです。

しかし性的関係についての意識が大きく変化したにもかかわらず、恋愛観自体の変化のスパンはとてもゆっくりしていて、二一世紀の日本を生きる私たちの恋愛観は十二世紀に発明されてからずっと続いています。たとえば、恋愛は人を成長させ、女性を美しくするとも言われますが、その一方で

「恋わずらい」というようにまわりが見えなくなり、自分が自分でいられなくなるなど、一種の病気と考えられることもあります。こうした恋愛観の対立は十二世紀にすでに見られました。

もちろん、いまとはずいぶん違うと思われることもあります。たとえば、恋愛に嫉妬はつきものですが、嫉妬をすべきなのでしょうか。いまと違って当時の答えは「嫉妬すべき」です。なぜでしょう。答えは本書のなかで探してみてください。

このように、私たちが恋愛に関して感じていることや疑問に思っていることに対するさまざまな考え方の源流を、十二世紀の作品のなかに見つけることができます。『絶対うまくいく恋愛術』などいうハウツーにはなりませんが、恋愛について考えるときの基本的な構図を知るためには、最良の手引き書となってくれるでしょう。

本書では、第I部で新しく生まれた「恋愛」概念に関する大きな枠組みを示します。そのなかの第1章では南仏の叙情的恋愛詩人たち（トゥルバドゥール）の作品を通して、恋愛の革命とも言える新しい恋愛観の誕生を見ていきます。第2章では、その終着点ともいえる司祭アンドレの『恋愛術』を読み解きます。そこで、恋愛を定義づけ、整理し、規則としてまとめるようすを見て取ることができます。

第II部では、恋愛概念が誕生する以前のようすを確認します。第3章の『聖アレクシス伝』と『ロランの歌』からは、神が支配する中世の世界観のなかでの夫婦の関係と、武勲詩という男性社会での女性の扱いが見えてきます。しかしそうしたなかでも、精神的な恋愛の誕生は準備されていました。それが第4章のアベラールとエロイーズの『恋愛書簡』で明らかになります。ここでおもしろいのは、男性は肉体的な距離ができると恋愛感情が消え去る傾向にあるのですが、女性では体と関係なく恋愛感情が続いたということです。そこからは、恋愛が精神的なものに変化していく過程で女性が恋愛の主体としても大きな役割をはたしていたことがわかります。

第Ⅲ部では、雅やかな宮廷風恋愛が北フランスにおいてさまざまな形で花開いたようすを見ていきます。第5章「宮廷文化」ではまずその宮廷風恋愛の前提を明らかにします。第6章では女性作家マリー・ド・フランスのレー（短詩）を検討し、恋愛が結婚にいたる物語の誕生を確認します。第7章ではワーグナーのオペラやジャン・コクトーの映画で有名なトリスタンとイズーの悲恋を読みます。二人の恋愛物語は理性的な恋愛と破滅的な情熱恋愛の葛藤を私たちに垣間見せてくれます。そうしたようすは、後の時代に作り直された物語ではなく、当時の言葉でつづられた物語をたどっていかないと見ることができません。最後の第8章では、クレチアン・ド・トロワの『ランスロあるいは荷車の騎士』を読み、十二世紀フランスが生み出した理想の恋人像を見ていきます。

それぞれの章は独立していますので、気ままな散歩のようにどこからでも読んでいただくことができます。もちろん、第Ⅰ部から読んでいただき、地図の全体像を見渡したあとで、枝分かれした小道に入っていただけば細部がよりくっきりと見えてきます。アンソロジー的な意味も込めて引用を多くし、それぞれの作品の具体的な手触りをじかに感じていただけるようにしました。「十二世紀フランス文学」というあまり見慣れない土地ですが、それが現代の日本人の恋愛観と密接に関係していることがわかれば、きっと実り多い散策になるはずです。Bonne promenade !

恋愛の誕生　12世紀フランス文学散歩◉目　次

恋愛の誕生　12世紀フランス文学散歩

第I部

新しい「恋愛」の開花

第1章 精神的恋愛は突然に——トゥルバドゥールの恋愛詩

現代の私たちは、恋愛を、好きな人を思ってときめいたり、夜も眠れなくなったりといった心の問題だと考えています。実はそうした考えが生まれたのは、十二世紀の南フランスにおいてです。その理由はよくわかっていません。しかし、それ以前には肉体的な快楽と強く結びついていた愛が、ある時突然、精神の問題とされるようになりました。そして、それが現代まで続く恋愛観の基礎になっています。

恋愛を精神的なものに高めるにあたっては、トゥルバドゥールという当時の詩人たちの恋愛詩が大きな役割をはたしました。トゥルバドゥールとは詩の作者たちです。彼らの恋愛詩は、ジョングルールと呼ばれている旅回りの芸人によって、ヴィエールという楽器の伴奏をつけて歌われていました（マルセル・カルネ監督の「悪魔が夜来る」の舞台となっているのは十五世紀フランスですが、しかし吟遊詩人の状況を垣間見せてくれる映画です）。

トゥルバドゥールの詩の内容は多くの場合、愛する女性を高貴な存在として崇め、その女性に熱烈ではあるけれどもへりくだった愛を捧げるといったものです。そして、その恋愛を通して、愛する者はより高い存在へ向上すると考えられました。このことは、恋愛を欲望と重ねる限り決して考えられない新しい概念です。

1 恋愛観の革命

十二世紀における男と女の関係は、トゥルバドゥールの詩のなかで、それ以前とはまったく逆転してしまいました。一言で言えば、男性上位の恋愛から、男性が女性を崇拝する恋愛への変化です。

男性上位の恋愛

十二世紀以前の恋愛観は男性上位のものでした。それまで文学作品のなかで描かれている限りでは、女性は男性の欲望の対象でしかなく、女性の意志が尊重され、男性と対等の存在と見られることはありませんでした。

図１●ヴィエールを手にするトゥルバドゥールたち
BN lat. 8878, fol. 145 v°. *Apocalypse de Saint Sever*, xi^{e} s.

たとえば、中世によく読まれた古代ローマ時代の作家オヴィディウスの『愛の技』のなかでは、女性への奉仕が説かれているものの、それを語る調子には皮肉が込められています。恋愛は結局のところ、飲酒や賭博などと同じで、男性の快楽の源泉でしかないと見なされていました。そこでは女性とは男性を誘惑する者であり、恋とはその誘惑に身をゆだねることだと考えられていました。十世紀に書かれたラテン語の詩「恋人への誘い」には、あけすけな愛の表現が見られます。

何故引きのばすのか、愛しい人よ。
いずれはなされるはずのことを、
きみのなすべきことを、今すぐに、
引きのばしにはもはやたえられぬ。

繰り返しになりますが、それまでの男性にとっての愛とは、結局のところ、この詩に歌われているように、肉体的な満足を得るためのものに過ぎなかったようです。

女性崇拝の恋愛

女性がこのように肉体としてしか存在価値を見いだされていなかった時代に、突如として、女性を崇拝し、自分の君主として崇める恋愛叙情詩が出現しました。恋愛というものが、肉体的な欲望を越えた感情であり、精神的な出来事であるという「発見」が行われたのです。

詩人は愛する貴婦人を自分の君主として崇めます。そして、その愛によって自らをより優れた人間に高めようというのです。ここでは、恋愛が行動を洗練させ、人格の向上に結びつくものになります。

このような新しい恋愛観のなかでは、以前とは逆に、女性が男性の上に位置することになります。女性が君主であり、男性はその家臣となるのです。第3章で『ロランの歌』を検討するときに詳しく見ていきますが、この考え方には当時の社会体制である封建制度が反映しています。その制度は君主と臣下の者の間で結ばれる「奉仕」と「保護」の契約にもとづいています。臣下の者は君主に対して奉仕を提供し、それに対して君主は保護を与えます。この関係にもとづきながら、女性と男性の関係にそっくりそのままあてはめたのが、トゥルバドゥールの恋愛観です。そして、君主の位置に貴婦人がおかれ、恋する詩人は彼女に奉仕を約束し忠誠を誓う騎士になります。その騎士の愛を受け入れる場合には、貴婦人は指輪を贈ったり、接吻を与えたりします。それは、主従関係を結ぶときに行われる儀式をまねたものだと考えられています。

このようにして、女性に対する視線は、以前のような見下したものから、いっきに見上げるものへと転換し、現実はともかく、トゥルバドゥールの詩のなかでは、女性は崇拝の対象となりました。

こうした変化が起きた理由ははっきりとはわかりませんが、私は文化の水準が高まってきたからだと考えています。古代ローマ文明が衰退し、ゲルマン民族の大移動に伴い、中世ヨーロッパの文化は著しく衰えました。しかしその後、シャルルマーニュの時代を経て、文化的な水準が再び向上し、「十二世紀ルネサンス」という言葉で呼ばれるほどになります。後の十四─十六世紀にイタリアから始まるルネサンスでも同じことが言えますが、文化の高まりは、地上的なものから離れ天上的な理想に向かう精神の動きと対応しています。キリスト教との関係でいえば、この時代にはマリア信仰が高まり、一一六〇年代にパリではノートルダム寺院の大改築も始まります。こうした歴史を振り返ってみると、洗練された文化が女性を尊重する恋愛を生み出す基礎になっていると考えてもいいように思います。

最初のトゥルバドゥール、アキテーヌ公ギヨーム九世

こうした恋愛観の革命の転回点に位置しているのが、最初のトゥルバドゥールといわれるポワチエ伯、アキテーヌ公ギヨーム九世（一〇七一─一一二七年）です。彼は当時のフランス国王以上に広大な領地を保有した大貴族でしたが、生活のほうもそれに劣らず波乱に富み、十字軍に参加したり、離婚問題で教皇から二回も破門されたりしました。当時の年代記の作者たちは彼の私生活について、こんなふうに書いています。「ポワチエ伯は世にもみやびな人、女をだます手管にもっともたけた男の一人であった。武器を取っては勇敢な騎士、また、男女の道には鷹揚であった。（……）ご婦人方を

だますために、長らく世界を股にかけた」あるいは、「恥を知る心と神聖なるものの敵」「悪徳の泥のなかにはいつくばったもの」などという評判も立っていました。

そのような生活からごく自然に推測されるように、彼は自分の色事の手柄を自慢するような詩を作っていました。十一編残っている彼の詩のなかの約半数は、男性中心的な視点から女性を見ている詩です。たとえば、馬小屋にいる二頭の馬を自慢する詩に見せかけながら、女性についての猥雑な冗談が歌われていたりします。

お聞かせするが、俺はやってやり抜いた。
そうとも、百と八十と八回も。
危うく俺の革帯が破れるところだった、
俺の馬具もだぜ。

ここには、トゥルバドゥール出現以前の、女性を性の対象としか見ない男性の視点がそのまま表現されています。しかし、こういった滑稽であけすけな詩のいっぽうで、女性を崇拝するトゥルバドゥール的な詩も四編ほど残されています。

かえって、わたしは恋人にすべてを与え、すべてを委ねる。
そう、彼女の家来になってもかまわない。
酔っているなぞと思いたもうな、
わたしがあの人を愛しているからといって。
わたしは彼女なしには生きられない。
彼女の愛のそばにいて、それほど、わたしは餓えている。

わが恋人は象牙よりも白い。
だから、わたしは他の誰も愛さない。
でも、緊急に手当てを受けなければ、
わが恋人がわたしを愛してくれなければ、
わたしは死ぬ。聖グレゴリウスの首にかけて、
そう、彼女に室内か木陰で接吻されなければ。（……）

わが恋人のために、わたしは震え、わななく。
それほど、すばらしい愛でわたしは彼女を愛している。
アダム殿の大いなる家系の中で、思うに、
その姿形が彼女に似ている者は、かつて誕生したことがない。

ここには、貴婦人の美しさをほめたたえ、あなたの愛なしには生きられないと懇願する、へりくだった恋人の姿が描かれています。「家来になってもかまわない」という恋人にとっては、君主である貴婦人を崇め、君主の愛を得ることが自分の存在理由となるのです。

このような二つの女性に対する視線が、最初のトゥルバドゥール、ギヨーム九世のなかに、同時に存在しています。

2 恋愛の主題

トゥルバドゥールの詩に恋愛観の革命があらわれていることを見てきましたが、次に、具体的に詩を味わいながら、どのような主題が扱われているのか見ていくことにします。

舞い上がる心

最初に読むのは、ベルナール・ド・ヴァンタドール（一一四五—一一八〇年ごろ活躍）の「陽の光を浴びて、雲雀が」という作品で、これは音楽的にも詩的にも、最高傑作の誉れの高い作品です（CDポール・ヒリアー「プロエンサ／中世トゥルバドゥールの恋歌」（ECM JOOJ 20301）で、この詩が歌われているのを聴くことができます)。

陽の光を浴びて　雲雀が
喜びのあまり羽ばたき舞い上がり
やがて心に広がる甘美の感覚に
われを忘れて落ちる姿を見るとき
ああ　どれほど羨ましく思えることか
恋の喜びに耽る人々の姿が
われながらいぶかしく思える　その一瞬
渇望にこの胸がはり裂けぬは何故か

愛に詳しい自分だと信じていたのに
ああ　知らぬことの何と多かったことか
愛して甲斐ないひとを
なお愛さずにはいられない
あのひとは　私の心を　私の存在を
あのひと自身を　全世界を取り上げて
私から逃れ去る。あとに残したものは

渇望と　恋に焦がれる心だけ

もはや自分に何の力も持てなくなった
自分でありながら自分でなくなった
私を惹きつける鏡　あの眼を
あのひとがのぞきこませた瞬間から
鏡よ　お前の中に映る自分の姿を見て
深い溜め息が死を招きよせ
かくしてわが身は破滅　美しいナルシスが
泉で身を滅ぼしたように

ご婦人がたには絶望した
もう二度と信じてなるものか
かつて熱を上げていたその分だけ
冷たくあしらわずにはおくものか
私を破滅させ打ちのめしたひとを相手どり
こちらの味方をしてくれる女は皆無
女はみな恐ろしい　みな信じられぬ

知っているとも　女はみな似たり寄ったりだ

わがマドンナもその点では所詮は女人
それゆえ私はあのかたを責め申す
なぜなら　望むべきでないことを望み
禁じられたことをやってのけられる
私は寵を失った　馬を下りずに橋を渡る
うつけ者さながらに振舞った
何故そうなったか自分にも分からぬ
あまりの高みにはい上がろうとしたためか

まことに　情は失われていた
――私は何も分かっていなかった――

情の最もあるはずのひとにそのかけらもなく
さて　一体どこをどう探したものか
ああ　あのひとを見て誰が信じられよう
この哀れな恋い焦がれる男
あのひとなしに救われぬこの男を

むざむざ見殺しにするなどと

哀訴も空し　憐みを乞うも　権利を言い立てるも
わがマドンナには何の功も奏さず
そもそも私の愛がお気に召さぬ以上は
もう二度とあのひとには愛を口にすまい
それゆえ離れよう　愛を断とう
死を望むからには　死をもってこたえる
引き留められぬからには　哀れな男は出よう
さすらいの旅　行方も知れぬ旅に

トリスタンよ　もう何も私から受け取りますまい
哀れな男は出る　行方も知れぬ旅に
歌はやめた　歌を諦めた
愛と喜びから身を隠すのみ

報われない恋の切ない気持ちを切々と述べるこの詩ですが、冒頭には新しい恋愛の感情を的確に表現するイメージが描き出されています。それは、空に舞い上がる雲雀です。その姿は恋をしたときの甘美な感覚を巧みに表現しています。舞い上がるというイメージは、高揚した感情を描くだけではなく、恋愛の対象が上位にいることを意味しています。ですから、この詩が表現しているのは新しい愛のかたちなのです。

また、トゥルバドゥールの恋愛詩のなかで歌われる愛は、たとえすぐに報われることがなくても憎しみに変わることはありません。むしろ「渇望と、恋に焦がれる心」は、拒絶によってますます募っていきます。死にたい、もう愛するのはやめようというのは、愛する気持ちが強ければ強いほど口から出てきてしまう言葉です。

このようなトゥルバドゥール的恋愛観は「精美の愛」と呼ばれています。フランスのジャン・フラピエという学者はその特徴を以下のようにまとめています。

(一) 多くは人妻に対する恋愛であって、夫婦間では成立しない。
(二) 愛の対象となる女性は貴族であり、多くは愛を捧げる騎士より上層の貴婦人であるから、彼女への奉仕は、臣下の君主に対する生活をおびる。(事実、「わが君主」(midon, senhel) という呼びかけが用いられた。)
(三) 盲目的ないし宿命的な恋ではなく、意志と理性によって選択された優れた女性に対する思慕である。

（四）女性の名前は秘密に保たれなければならない。（恋愛が本質的に公開を嫌う個人的な感情であることのほかに、ここで問題となっている恋愛は姦通恋愛なのだから。）
（五）この恋は容易に充足されてはならず、不在と障害によって強化されなければならない。
（六）愛する者は、一定の戒律、手順に従わなければならない。

（新倉俊一『ヨーロッパ中世人の世界』筑摩書房）

このような形の恋愛は、古代ギリシアやローマにも、それまでのキリスト教的世界にも存在していませんでした。それゆえにこそ、その後の恋愛観に与えた影響という点からすると決定的なものがあります。それまでの肉体的で直接的に表現されていた愛という感情が、ここからは粗野な性格を投げ捨て、洗練され甘美な性格をおびるようになっていくのです。

そこで、恋をする男は、これまでのように力を誇示して女性を狩りの獲物のように獲得するのではなく、洗練された態度を身につけ、つつましくふるまわなければなりません。こうした態度が、「雅やか」courtois と呼ばれるものです。恋をすることで、上品で、礼儀正しく、ていねいなふるまいを身につけることになるのです。

3 恋愛の三角関係

現代人の感覚では三角関係はできれば避けたいものですが、十二世紀に恋愛が生まれるときには、前記のフラピエによる「精美の愛」の特徴（一）に見るように、三角関係はまさに恋愛の前提となるものでした。新しい形の恋愛がまだ確立していないとき、その感情をはっきりさせるためには三角関係が必要だったのかもしれません。それほど欲しいと思っていないものでも目の前で他の人に持っていかれたりすると、急にそれが欲しくなったりします。その気持ちを思い起こすと、わかりやすいかもしれません。

新しい恋愛感情が誕生したときの三角関係は、城主である夫とその妻、そして、若い騎士によって形成されました。ですから、恋愛は発生時において同時に不倫関係として成立しました。そしてそこでは、城主はつねに若い二人の恋愛を邪魔する厄介者ということになります。このような三角関係を率直に歌った、「明るい季節の入り口で」という読み人知らずの歌が残されています。

明るい季節の入り口で、エイヤ
たのしい遊びをまた始めよう、エイヤ

嫉妬男《やきもちやき》を怒らせるために、エイヤ
お妃は見せつけてやりたいのだ
あたしは恋しているのよって

道をあけてよ、やきもちやき
ほっといてちょうだいな
あたしたち　二人だけで踊るから

お妃は四方にお布令を出した、エイヤ
ここから海にいたるまで、エイヤ
およそ娘も若者も、エイヤ
かならずみんなやってきて
たのしくダンスを踊るように
（くりかえし）

そこへ王さまやってきて、エイヤ
踊りの邪魔をしようとする、エイヤ
なぜって、王さま、こわいのだ、エイヤ
若くてすてきなお妃を

誰かがさらって行きそうで
（くりかえし）

お妃は王さまのいうことなんか、きかないよ、エイヤ
じじいのことなんかどうでもよい、エイヤ
でもこんなすてきな奥方を、エイヤ
力づけてさしあげられる
陽気な若者のいうことなら
（くりかえし）

だからお妃がすてきな身体を、エイヤ
ひらめかせて踊るのを見たら、エイヤ
誰だって言わずにはいられない、エイヤ
そんなお美しい王妃さまに
かなう女性はこの世にないと

道をあけてよ、やきもちやき
ほっといてちょうだいな
あたしたち　二人だけで踊るから

若い奥方が夫を邪魔者にして若い騎士に心を寄せるこの詩は、フラピエの定義（一）にもとづいています。また、定義（二）で言われるように、女性は騎士が仕える城主の妻ですから、彼女の方が上の身分ということになり、彼女に対して愛の奉仕が捧げられることになります。さらに、定義（五）でいわれる障害の必要性が出てきます。奥方にとっては夫であり、騎士にとっては君主である城主がやきもちをやき、恋する二人の邪魔をします。そのことによって恋愛はますます燃え上がることになるのです。もちろん、この愛は不倫の関係ですから、秘密にしておかなければなりません。それが定義（四）にあたります。

遥かなる恋

さて、もう一つトゥルバドゥールの詩を見てみましょう。「遥かなる恋」という主題は、いまの言葉で言えば、遠距離恋愛です。ここでの障害は距離です。愛する対象が遠くにあり、それに達することができないということこそが、肉体を越えた、心の問題としての恋愛という側面を強調するのです。ジョウフレ・リュデルの「五月に日の長くなるころ」は、遥かなる恋を歌ったもっとも有名な詩です。

五月に日の長くなるころ
遠い小鳥の歌がこころよく

そして　そこから離れ去るとき
遥かなる恋が思い出される
悲しみに胸ふたぎ　うつむき歩み
もはや小鳥の歌も　さんざしの花も
凍てつく冬と同じく気に染まぬ

決して愛の喜びを味わうことはあるまい
もし　この遥かなる恋をわがものにできぬなら
けだし　これに立ち優る女性の
近くにも遠くにもあるを知らず
その価値まことに非の打ちどころなく
かのひとのためとあらば　サラセンの国に
因われの身となることをも辞さず！

悲しみつつ喜びつつ離れて行きもしよう
もしこの遥かなる恋を目にするならば
とはいえ　そのいつなるかを知らず
なぜなら　われらの国は余りに遠く

辿るべき海路と陸路の余りのいちじるしさ！
それゆえに　いつなるかは予言なし得ず……
ひとえに神の思し召すがままに！

神の愛にかけ　かのひとに遥かなる恋を乞うとき
いかばかり喜ばしく思えることか
もし　かのひとのお気にかなえば
その傍らに宿をとろう——今はただ遠くとも！
遠方の恋する男がようやく間近に身をおき
美しい言葉に喜びを満喫するそのとき
愛の集いに間然とするところなし

ひたすら主をまことの方と信じ奉る
そのお陰で遥かなる恋に逢えるのであれば
それにしても　遥かなる幸せにくらべ
味わう苦しみはその倍　恋は余りに遠し
ああ　かの地に巡礼の身であったならば
わが巡礼杖　わが旅衣が

かのひとの美しい目にとまったものを
去るもの来るもの一切を作り
この遥かなる恋をも創り給うた神よ
なにとぞ　勇気なきわれに力を与え給え
遠からず　過つことなく　しかるべき場所に
遥なる恋を訪ねて行けますよう
ついにそのとき　かの地の部屋と庭園は
いついつまでも天国と変わらず

遠い恋人にあこがれ溺れるものと
われを評する人の言葉は正しい
なぜなら　遥かなる恋をもたらす喜びに
いや優る喜びを　何ひとつ知らぬ
とはいえ　わが望みは拒まれている
わが名付け親が運命づけたのだ
愛するも愛されることなし
とはいえ　わが望みは拒まれている

呪われてあれ　愛するも愛されることなしと
われを運命づけし　わが名付け親は！

この詩もやはり、現代にまで通じる報われない恋愛の歌です。ここで恋愛の成就は、愛する人が遠くにいることではばまれています。そして、この絶対的な障害こそが、恋愛感情を増大させる要因です。その印象がよほど強かったのでしょう。十三世紀になると、この詩に歌われている「遥かなる恋」を主題にして、作者リュデルの伝記が作られました。

ジョウフレ・リュデルの架空の伝記

ジョウフレ・リュデルは、いとも身分の高い人、ブライユの領主であった。その彼が、アンテオキアから戻った巡礼者から、トリポリ伯夫人のよき評判を伝え聞くと、見ぬうちから夫人に恋してしまった。そのため、夫人について、言葉こそ貧しいが、美しい調べの詩を数多くつくった。さらに、夫人に逢いたい一心から、十字軍に加わり海に乗り出した。が、船中に病を得て、トリポリの、とある旅籠に瀕死の状態で運びこまれた。このことが伯夫人に知らされると、夫人は彼のもと、病床にまで訪ね来て、その腕の中に彼を抱き入れる。すると彼は、伯夫人であることに気づいて、たちまち音を聞く力、匂いを嗅ぐ力を取り戻し、夫人に逢えるこの一瞬まで、生き永らえさせてくれたことを神に感謝した。
このようにして、彼は夫人の腕に抱かれたまま死んだ。そこで夫人は、丁重に礼をつくして、聖堂騎士団の神の家に亡骸を埋葬させた。そしてその同じ日、彼の死を悼む余り、夫人は修道女となった。

この架空の伝記のなかで、詩人は、トリポリ伯夫人に実際に会うのではなく、そのよい評判を耳にしただけで恋をします。このことはまず、この恋愛からは、肉体的な側面がいっさい排除されていることを意味しています。次に、恋愛が情熱的で非理性的なものではなく、意思と理性によって選択された優れた相手に対する感情であるということにつながります。このことはフラピエによる「精美の愛」の定義（三）にあてはまります。そのようにして生まれた恋愛は、すぐに成就するのではなく、距離という障害によって実現を阻まれることになります。もちろん、これは夫婦の間に成立するものではありません。そして、遠くにいて、すぐには相手のもとに達することができないからこそ、その恋愛はより激しいものとなります。

このように考察すると、リュデルの「五月に日の長くなるころ」や、詩人の伝記は、さきに挙げた「精美の愛」の定義に多くの点であてはまることがわかります。逆に言えば、ここで歌われているような詩がトゥルバドゥール的な恋愛の典型だと考えられます。

4 喜びと人間性の向上

恋愛しているときの心のときめきは、他では味わうことのできない幸福感をもたらしてくれます。ベルナルド・デ・バンタドゥールの「陽の光を浴びて、雲雀が」の冒頭に描かれる雲雀の姿はまさにその喜びの表現でした。愛する人の心は喜びにあふれ、空に向かって舞い上がっていきます。喜びは愛する心を甘美な感覚で満たし、空の高みにまで導いていくのです。ここでは、同じ詩人のもう一つの詩「私の心は喜びでいっぱい」の最初の節を読んでみましょう。

私の心はこんなに喜びでいっぱい
だから何もかも変わってしまったようだ
寒さも、白や赤や黄色の
花のような気がするし
風や雨がつのればつのるほど
すばらしいことが起こりそうで
だから私の歌はわきあがりもりあがり

私の評判も高くなる
私の心には愛と
歓びと優しさがこんなに
こもっているから私には冬も花と見え
雪も緑に萌えてみえる

恋愛をするとすべてが変わって見え、寒さも雨も風も苦にならないどころか、すばらしいものとさえ感じられます。そして、歓びに満たされた心は、恋愛にとらえられた人を優しくし、より良い存在へと変えていくのです。

つまり恋愛によって人格の向上が起こるのです。トゥルバドゥールの恋愛詩のなかでは、対象となる女性は人格を基準にして理性的に選ばれます。そして、舞い上がる雲雀のように喜びに満ちた愛によって、内面的な進歩と、道徳的な完成へと向かうことになります。つまり、高貴な婦人を愛する騎士は、その婦人に値する人間になろうと努力し、そのために人格が高められるのです。ここでの愛とは徳なのです。トゥルバドゥールが歌う新しい恋愛は、感情に引きずられて身を持ち崩す情熱恋愛ではなく、理性的な愛です。ギヨーム・ド・モンタニャックはこう歌います。

なぜなら愛とは罪ではない。
それどころか悪人を善人に変え、
善人をよりすぐれた人間に高め、
あらゆる人間を、常に善行に、
赴かしめる徳なのだ。
そして、愛から純潔が生まれる。
なぜなら、愛の何なるかを心得た者は、
もはや邪な振る舞いはできぬから。

この道徳的な原理である恋愛と結びついた「喜び」の感情は、いっぽうでは現実的な幸福感の素直な表現ですが、もういっぽうでは積極的な行動原理となり、あらゆるものを「美しくし、より良きものに変え、進歩させ、清める」力であるとも考えられます。その喜びに誘われて、雲雀は空の高みに舞い上がっていくのです。

トリスタン物語を検討する第8章で詳しく見ていきますが、情熱恋愛は身を滅ぼす激しい愛で、非理性的な感情です。十二世紀に発見された恋愛は、それとは反対に、人格の向上につながる愛であり、洗練された行動を身につけるという結果をもたらします。それは、騎士道精神の一端を担い、洗練された宮廷を形成することになります。そうした意味で、トゥルバドゥールの「精美の愛」は第2章で見る「宮廷風恋愛」につらなっていきます。

5　若さ

「若さ」joven という言葉はラテン語の juventus「青春」から来ていて、「愛」や「喜び」とつねに結びつけられてきました。愛の喜びは若い心によって感じ取られるのです。たとえば、バンダドゥールは「みずみずしく若草と若葉が萌えいで」のなかで、愛と喜びと若さをこう歌います。

みずみずしく若草と若葉が萌えいで
枝には花がつぼみをつけ
うぐいすが高い澄んだ声を上げ
その歌声を響かせると
私には喜ばしい、歌声が、花が、
私自身が、わけてもマドンナが

喜びにまわりをとり囲まれていながらも
真の喜びはほかのすべてにたち優る

若草や若葉がいっせいに開花し、うぐいすが澄んだ声を響かせる季節。それは春であり、人生であれば青春時代だということになります。それこそが愛の喜びにふさわしい季節です。ですから、トゥルバドゥールの恋愛詩で歌われる季節は春であり、恋するのは若い二人ということになります。さきほど読んだ、「明るい季節の入り口で」でも、三角関係のなかで結ばれるのは若い二人でした。このように、恋愛は若さと密接な関係を持って誕生したのだということになります。

私たちは、恋をすると「若くなる」とか「きれいになる」と言いますが、そうしたこともやはり十二世紀に発明された恋愛に由来するのだと考えることができます。

このようにトゥルバドゥールたちは、それ以前とはまったく違う形の恋愛を表現しました。恋愛とは肉体的な欲望以上のものであることを発見したのです。そして、これまでは一方的に男性の下位におかれてきた女性の立場を一挙に逆転し、貴婦人を心の君主として崇め、その愛によって自分をより高い存在に高めるという内容をもった詩をさかんに作り出しました。トゥルバドゥールたちによって、女性が肉体的な欲望の対象としての存在以上であるという認識がなされ、それ以後の西欧世界の恋愛の概念を支配するようになったのです。

第2章……恋愛の規則書——司祭アンドレの『宮廷風恋愛術』

南フランスでトゥルバドゥールによって歌われた新しい愛のかたちは、北フランスに移行し、十二世紀を通してさまざまな文学作品のなかで語られます。そして、十二世紀の後半になると、アンドレ・ル・シャプランによって『宮廷風恋愛術』（以下、『恋愛術』と略）のなかで恋愛の規則として定められることになります。その書のなかでは、あたかも法律であるかのように恋愛の規則が示され、さまざまな恋愛の事例とともに、その判例が記されています。そこに表わされている恋愛観を「宮廷風恋愛」と呼んでいます。「宮廷風恋愛」は「精美の愛」の発展形と考えてよいでしょう。

著者のアンドレについてあまり詳しいことはわかっていませんが、第5章でみる王妃アリエノール・ダキテーヌとフランス王ルイ七世の長女であるシャンパーニュ伯爵夫人マリーの宮廷に付属する礼拝堂の司祭であり、その後フランス国王フィリップ＝オーギュストの尚書局の書記官になったようです。『恋愛術』が書かれたのは、一一八四年から一一九〇年にかけてではないかと推測されています。

ところで、アンドレの著作は宮廷風恋愛の手引きであると見なされることが多く、十三世紀にはある司教によって告発されました。実際、三つの部分からなる『恋愛術』の大部分を占める第一の書と第二の書では恋愛が肯定的に描かれています。しかし第三の書の題名は「恋の拒否」であり、反恋愛・反女性主義的な主張が繰り広げられます。こうした態度の変更に関してはこれまでにもいろいろな見解が出されてきましたが、いまだに決定的な回答は見いだされていないようです。本章ではその態度の変更についても考えてみることにします。

1 恋愛の規則

まず第一の書と第二の書をたどり、宮廷風恋愛の規則がどのようなものであり、恋愛のどのような側面に焦点が当てられているのかを見ていきます。

第一の書は全部で十二章からなり、「恋とはなにか」という定義から始まり、「いかなる人間の間で恋は可能か」「恋という名前の由来」「恋の効果」「恋に適するのはどのような人か」「恋を勝ち取ることができる方法」「聖職者の恋」「修道女の恋」「金銭を得るための恋」「すぐに手に入る恋」「農民の恋」「娼婦の恋」という順番に話題が進められていきます。このなかでもとくに六章にあたる「恋を勝ち取ることができる方法」が中心です。

第二の書は「恋はいかにして保たれるか」と題され、一章で「恋の保持」について記されたあと、「一度完成した恋はどのようにしてさらに大きくできるか」「いかにして衰えるか」「いかにして終わるのか」という恋の完成から消滅が四章までで語られ、五章と六章では「恋がかなえられた兆候」「一方の恋人が誠実ではない場合」について論じられます。そして七章では「恋の法廷」として名高い恋愛裁判の二一の判例が列挙され、最後の八章になると騎士道風の物語が語られ、三一カ条からなる恋愛の規則が告げられます。

恋愛の四つの段階——純粋な恋愛と肉体関係

第一の書には恋愛の四つの段階が示されています。宮廷風恋愛において、男性から恋を求められた女性はすぐに相手にすべてを与えてはいけません。まず最初は「希望」を与え、第二段階で「接吻」を、第三段階では「抱擁の喜び」を、そして第四段階で「肉体」となります。

この順番を無視して一気に最後の段階に達してしまうことは感心しないこととされます。男性の人格を観察しながら徐々に段階を進んでいくのが正しい道なのです。そして、第三段階まででれば、誰からも非難されることなく後戻りが認められています。しかし、第四段階にいたった場合には、正当な理由がない限り退くことはできないと考えられました。

このなかで、第四段階の「肉体」に関しては、興味深い問題があります。これまでにトゥルバドゥールの精美の愛に関して、肉体的な関係を持たない恋愛だと言われることがしばしばありました。しかし、宮廷風恋愛の集大成と考えられているアンドレの『恋愛術』のなかでは、性の交わりが明確に肯定されています（新倉俊一『ヨーロッパ中世人の世界』）。

第一の書の八章において、高位の貴族の男女が話し合う場面で、男性は肉体的な愛とそうでない愛を区別し、肉体を否定する発言をします。

> 恋には純粋な物と肉体的な物があります。恋人同士の心をあらゆる喜びの感情で一つに結び合わせるのは純粋な恋です。この愛は、深く思いをこらし、心を交わすことにあり、唇に口づけし、抱擁や体の接触まではいきますが、最終的な慰めは除外されます。純粋に愛したいと願う者にはそれは禁じられているのです。恋をしたいと思う者はこの種の恋こそ全力で望まなければなりません。なぜならこの恋はかぎりなく募り増すものであって、この恋を経験した者で後悔した人はいませんし、経験すればするほどもっと欲しくなるものだからです。（……）肉体の恋は、肉の一切の喜びからその功徳を得、ついにはウェヌスの最終的行為に終わる恋です。（……）この種の恋は速やかに衰え、ほんのわずかな間

しか続かず、それを経験した人はしばしば後悔します。

この言葉を読むと、一見、肉体関係を否定しているように見えます。しかしこれは、恋愛を長続きさせるためには障害が必要であり、恋愛感情がつねに増していくためにはつねにより以上の物を残しておくほうがいいということに由来しているのです。そのために、肉体を否定したあとで、「しかし肉体的な恋も真実の恋に違いありません」という補足の言葉がつけ加えられます。

この観点は、第二の書の「恋人の一方が不実であるなら」の章でもう一度取り上げられ、今度はアンドレ自身がウォルターに語る言葉として示されています。つまり貴族の男女の会話ではただの記録者にすぎなかったアンドレが、ここでは自分の肉声で語っているのです。

純粋な恋と肉体的な恋は一見いかにも異なったものに見えるだろうが、事態を的確によく見てみれば、純粋な恋もその実質に関するかぎり、肉体的な恋と変わらない、同じ心の思いに発するものなのだということがおわかりになることでしょう。いずれの場合も実質は同じで、ただ愛し方、その形がちがうだけなのです。

この言葉から、宮廷風恋愛が決して肉体を除いた精神だけの恋愛などではないということがよくわかります。ただ最終段階に達するまでにはそれなりの手順があり、その過程を描くことに新しい恋愛の形を発見したのです。言い換えれば、恋愛の中心が前の時代のような肉体的な関係を中心としたものではなく、大切なことは心の問題であるという新しい恋愛観が、こうした議論によってより明確に浮かび上がってきます。

恋愛を前にした女性の態度と十二カ条の規則

「恋を勝ち取ることができる方法」の五番目の例を見ていきましょう。ある男性の求愛に対して、女性は、恋愛をすればひどい苦しみを味わうのを知っているので望みには応じられないと答えます。その女性を男性はなんとか説得しようとします。そのために、「恋の神の宮殿」の寓話を語り、自分にふさわしい男性の求愛には応じるのが正しい態度であると説得します。そして最後に、恋の神による十二カ条の規則が示されます。

「恋の神の宮殿」の寓話では、正しい恋愛に応じる女性、拒絶する女性、そして、情欲ばかりの女性が対比的に描かれます。世界のまんなかに恋の神の宮殿があります。東の扉は恋の神自身のための扉ですが、あとの三つはそれぞれ三種類の女性のためのものです。南の門にいる女性たちはいつでも開け放たれた扉の近くにいて、いつでも会うことができます。西の門も同じようにいつでも開かれていますが、そこの女性は門の外を歩き回っています。しかし北の門は閉じたままで、女性たちは外にまったく興味を示しません。

この寓意は次のように説明されます。南の門の女性は、恋の神の宮殿にやってくる男性を入念に調べ、優れた人だと判断すれば宮殿のなかに招き入れ、そうでない男性は追い払う、正しい恋愛をすることのできる女性です。西の門の外を歩き回っているのは来る者は誰も拒まない情欲の強い女性。北の門のなかにいるのは、誰に対しても恋の神の門を開こうとしないかたくなな女性ということになります。

こうした三種類の女性を待ち受けている運命もまた寓意的に説明されます。会話の主である男性は、ある時森のなかで騎士や女性たちの一団に出会いました。その先頭にいるのは立派な馬にまたがり黄金の冠をかぶった恋の神。その次には美しい服を着た魅力的な女性たち。側には立派な騎士たちがつき従っています。次に続くのはまた女性たちですが、こちらは数が多く、しかも男たちがひしめきあって、お互いがお互いのじゃまをしているといったようすです。最後に卑しく惨めな女たちが来ますが、彼女たちは誰からも相手にされません。ここでは、最初の女性たちが南の門の女性であり、次が西の門、最後が北の門の女性を表わしています。

この寓話の語り手である男性は次に、美しい牧場までやってきます。そこには同心円状に三つの果樹園があります。一番内側は「喜悦の園」と呼ばれ、澄み切った泉の水が流れる楽園のような場所です。二番目の円は「湿気の園」であり、先程の泉の水がここではとても我慢できないほど冷たくなってあふれだしています。三番目の円は「乾きの園」と呼ばれ、乾燥した不毛の土地で、日の光で焼きつけられています。正しい恋をした南の門の女性は「喜悦の園」に入ることができますが、ふしだらな西の門の女性は「湿気の園」で止まり、恋を拒絶した北の門の女性は「乾きの園」で苦しまなければなりません。

この寓意により、正しい恋にはこたえるべきであること、そうすれば喜悦の園に遊ぶことができることが示されます。そして、最後に、恋する男性は恋の王から十二カ条の恋愛の規則を教えられます。

一　貪欲を避け、気前のよさを実践すること。
二　愛する女性のために純潔に身を保つこと。
三　他の人の恋人をそれと知りながら横取りしようなどとしないこと。
四　結婚するのが恥ずかしいような女性を恋人として選ばないこと。
五　嘘をつかないこと。
六　自分の恋をいろいろな人に話さないこと。
七　貴婦人たちのあらゆる命令に従うこと。
八　恋の慰めを受けるにあたり、つねに慎みを忘れないこと。
九　悪口を言わないこと。
十　誰のものであれ、恋の秘密を暴露しないこと。

十一　あらゆることにおいててぃねいで雅やかにふるまうこと。
十二　恋の奉仕をするにあたって愛する女性の望みの範囲を越えないこと。

このようにして、あるべき恋愛つまり宮廷風恋愛の正しい姿が描き出されます。この規則を守れば、安心して、求愛にこたえることができるということになります。

2　恋愛の冒険物語と三一カ条の規則

もう一つの有名な寓話は、アーサー王の宮廷を舞台とした騎士道物語です。第二の書の八章の「ブルターニュの騎士の冒険」がそれです。ここでも寓話があり、それに続き今度は三一の規則が示されます。

あるブルターニュの騎士が愛する貴婦人の心を得るために、黄金の止まり木の上にいる鷹を手に入れる旅に出発します。そして途中の森のなかで不思議な少女に出会います。彼女は、アーサー王の宮殿に入るためには、最初に鷹をとまらせる籠手《こて》を手に入れなければならないと予告し、その獲得に向かわせます。騎士が黄金の橋のかかった広い川岸までやってくると、川の手前にも向こう岸にも騎士が待ち構えています。戦の末に二人の騎士を打ち倒し、さらに先に進んで行くと牧場があり、円い宮殿が建っているのが目に入ります。その近くに人影はありませんが、宮殿の外には食卓が置かれ、ありあまるほどの食べ物がならんでいます。お腹をすかせた騎士がそれらを食べていると、宮殿から番人である一人の騎士が現われ、騎士を脅して草原から立ち去るように言いました。騎士もそれに応戦して戦い、その番人を打ち倒し、宮殿の円柱から鷹を乗せる籠手を持ち去ることに成功します。

こうして旅を続け、最後にアーサー王の宮廷までやってきます。そして目指す鷹のいる宮殿に行き、鷹を持ち帰ろうとして宮廷の騎士と戦うことになります。その騎士を倒し鷹を手にしたとき、止まり木に細い金の鎖でつながれた羊皮紙が目に入ります。それがなにか尋ねると、次のような答えが返ってきます。「これは恋の王が自らの口で世の恋人たちに宣言された恋の掟が記されている羊皮紙である。鷹をぶじに持って帰りたいと望むなら、この文書を持参し、世の恋人たちにこれを知らしめよ」。

鷹と羊皮紙を持った騎士は、森の少女に挨拶をしたあと、恋人のもとへと戻り、そして恋の神の掟を恋人たちに広めました。

この冒険物語のなかで恋の神から与えられた掟は、次のような三一カ条の規則でした。

一　結婚は恋の妨げにならない。
二　嫉妬心のない者は恋することができない。
三　いかなる人も同時に二つの恋をすることはできない。
四　恋はつねに減るか増えるかのどちらかである。
五　愛する人の同意なしに得られた物は味気ない。
六　少年は青年に達するまで恋することができない。
七　恋する者の一方が死亡した場合には、残った者には二年間の服喪が要求される。
八　十分な理由がなければ恋の対象を奪われてはならない。
九　恋愛の希望によって励まされなければ、真に愛することはできない。
十　貪欲のあるところに恋はない。
十一　妻にするのが恥ずかしいような女性を愛することは適切ではない。
十二　真に恋する男性は愛する女性の抱擁以外を望まない。
十三　秘密が口外された恋は長続きしない。
十四　容易に獲得された恋は価値がなく、獲得の困難な恋こそ価値がある。
十五　男性は誰でも愛する女性の前で顔色が青白くなる。
十六　愛する女性を突然目にすると、恋人の胸は高鳴る。
十七　新しい恋は古い恋を追放する。
十八　善良な者だけが恋にふさわしい。

十九　愛が衰えるときは急速に衰え、元に戻ることはめったにない。
二〇　恋する人はいつも不安げである。
二一　真の嫉妬はつねに恋する気持を募らせる。
二二　愛する女性を疑うとき、嫉妬が増し、その結果恋も増す。
二三　恋愛の物思いに沈む者は、眠れなくなり、食べられなくなる。
二四　恋する男性の思いはすべて愛しい女性への思いへといたる。
二五　恋する男性にとって愛しい人の喜びとなることだけが良いことである。
二六　恋する人は愛しい人になに一つ拒まない。
二七　恋する人は愛しい人から与えられる慰めにあきることはない。
二八　ほんのささいな憶測から恋する人は愛しい人に疑いをいだく。
二九　過度の欲情を持つ者は恋とは縁がない。
三〇　本当に愛する者は絶えず愛しい人を思い続ける。
三一　男性も女性も二人から同時に愛されることは禁じられていない。

宮廷に集う人々はこうした規則をこぞって使い、あたかも模擬裁判のような恋愛談義を楽しんだようです。そのようすも『恋愛術』のなかに描き出されています。第二の書の七章にはアリエノール・ダキテーヌやシャンパーニュ伯爵夫人、エルマンガルド・ド・ナルボンヌ夫人などによってなされた裁定が二一例あげられています。彼女たちの「恋の法廷」に持ち込まれた問題は、服従や富、恋愛と夫婦愛、近親相姦、年齢、女性の権利、贈り物の種類などさまざまです。いくつかの例を見てみましょう。

結婚後に元の恋人とつき合うのはＯＫ？

まず最初は、結婚後、元の恋人からつき合いを求められたらどうするかという例です。優れた恋人を持っている女性がある事情で別の男性と結婚し、以前の恋人の愛を拒むようになります。その女性に対してエルマンガルド・ド・ナルボンヌ夫人は、不実であるという裁定を下します。

この女性が恋をきっぱりと諦め決して愛さないと決心した場合は別ですが、そうでなければ、後から結婚の契約を結んだからといって初めの恋愛を拒むのは正当なこととはいえません。

現代の私たちの目から見ると、この判決にはびっくりします。この判決の根拠は、「結婚は恋愛の妨げにならない」という恋愛規則の第一条です。もしも結婚した夫に対して恋愛感情をいだくのであれば、「同時に二つの恋愛をすることはできない」という規則に背くことになります。しかし、夫婦の関係は君主とその妻という権力関係にもとづいているため、夫婦間に恋愛は成立しないというのが十二世紀の考え方です。あとに検討するように、恋する二人の関係は「自由」にもとづいています。優れた人を自由に選択できるところに、この時代の新しい恋愛観があるのです。ですから、結婚したとしてもこれまでの恋愛は妨げられないことになります。

長い間連絡のない恋人は乗り換えてよい？

しばらく別れていた恋人たちの例です。ある女性は、恋人が海外遠征に出かけ、長い間なんの便りもないので、別の恋人を持つようになります。そして、戻ってきた恋人に対して、「二年間は新たな恋ができない」という第七条の規則を逆手に取って、二年過ぎれば新しい恋ができると主張します。この事件は長い間いろいろと議論された末に、最後にシャンパーニュ伯爵夫人のもとに持ち込まれ、判決を受けます。

> 恋する女性は、相手の男性が何か過ちを犯したとか誓いを破ったとかという明白な証拠がないのであれば、ただ長い間留守をしているという口実だけで恋人を捨てるのは正しいことではありません。(……)恋人は手紙や使いの者によって夫人と文通するのを控えていたということですが、それは大変思慮分別のある事だと思われます。彼は恋の秘密を第三者に明かすまいと思ったのでしょうから。手紙を書き送れば、その中身は使いの者の目には触れないとしても、その使いの者が悪者であったり、途中

で死んだりすれば、二人の恋の秘密が外に洩れるのは往々にして起こることです。

マリーの裁定はここでは秘密の厳守という規則の第十三条にもとづいています。恋愛の秘密を守るということは宮廷風恋愛にとっては、それが結婚という枠の外でしか存在しないために、大変に重要な条件になります。ですからここでは「二年」という規則と「秘密」という規則が取り上げられ、後者の重要性が勝っているということがわかります。

恋人を試すことは許される？

最後は、相手の恋愛を試すことが許されるかどうかという例です。非常に優れた貴婦人と恋愛関係にある男性が、別の女性の抱擁を得たいと恋人の女性に打ち明け、許しを得ます。一カ月後、元の恋人のもとに戻ってきた男性は、別の女性からはなにも慰めを受け取らなかったし、もともとそんな気もなく、ただ恋人の気持ちを試したかっただけだと言って、元の状態に戻りたいと願い出ます。それに対して貴婦人は、あのような申し出をした人間は恋には値しないと言い、かつての恋人の願いをはねつけます。この問題についてアリエノールの判決はどのようなものでしょうか。

恋する者がしばしば偽って新しい抱擁を求めている振りを装い、恋の相手の真心と貞節を試してみようとするのは、恋そのものの本性から発することです。従って、契られた誓いが破られたという確かな証拠がなければ、恋人のいつもの抱擁を拒絶し、恋人を愛するのを拒んだりする女性は、恋愛の本質に背くことになります。

このように、アリエノールは男性の言い分を認めます。このなかで直接言及されていませんが、この判決は二一「真の嫉妬は常に愛情を大きくする」という規則を下敷きにし、八「正当な理由がなければ恋の対象を奪われてはならない」という規則も合わせて適用されています。嫉妬の問題は、あとで詳しく見ていきます。

3 恋愛を退ける術

このように『恋愛術』の第一の書と第二の書では、ポワチエのアリエノールの宮廷やトロワのシャンパーニュ伯爵夫人マリーの宮廷文化がくっきりと映し出され、恋愛が賛美されています。それに対して、第三の書では、それまでとはまったく様相が変わります。恋愛がいかに有害であり、恋愛の対象である女性というものがいかに悪徳に満ちているかといったことが繰り返されるのです。

アンドレは、恋愛は人間を盲目にし、他のなににも関心を示さなくなるような危険な病であるといい、自分の本は恋愛を退けるための書として読んで欲しいといいます。

実は私は、恋に身をやつす者は人としての有用さを全て失うものと信じています。ですからこの小著を、恋人として生きることを勧める本として読むのではなく、ここにうたわれている恋の理論に鼓舞され、世の女たちの心を恋へとそそる術を身につけながら、しかも実行は差し控え、それによって神の永遠の償いを得、恋よりも一層大きな神の報いが受けられるようになりたいと願う、そんな心でぜひ読んでいただきたいのです。罪を犯す能力がありながら罪を犯さぬ人間のほうが、罪を犯す機会を持てぬ人間より、神のお気に召すのは確実なことです。

恋愛と失楽園

ここで思い出さないといけないのは、アンドレは司祭という地位にある聖職者であったということです。そして、当時のキリスト教聖職者ひいては男性の論理では、女性は悪そのものであり、肉体的な誘惑によって男性を堕落させようとする存在だと見なされてきました。そのもっとも原型的な姿が創世記のイヴにほかなりません。十二世紀のなかごろに盛んに上演された『アダム劇』という宗教劇のなかでも、アダムは理性の力によって悪魔の化身である蛇の誘惑をしりぞけますが、しかしイヴは官能の誘惑に負けてリンゴを取りアダムに食べさせます（アウエルバッハ『ミメーシス』）。つまり、男性が人間の理性を代表しているとすると、女性は「人間の本性の弱い部分、非理性的かつ感覚的な部分」（ジョルジュ・デュビー『中世の結婚』）を代表しているとみなされていたことになります。

この失楽園の原因となる行為については『恋愛術』の第三の書のなかでも何度か言及されています。たとえば、女は胃袋の奴隷で食べることに関して貪欲だと言われる部分でも、イヴが禁断の木の実を食べたことに言及されます。夫の言いつけに背いた不従順な女の代表もイヴですし、虚栄心ということに関してもイヴの名前が持ちだされます。「彼女が禁断の木の実を食べたのは、善悪の知識を得たいという虚栄心のためだったからです。

女性は悪？

イヴに代表される女性に対して第三の書のアンドレはありとあらゆる悪徳の言葉を投げかけます。「女はすべてけちであるばかりではなく、嫉み深く、他の女を悪しざまに言い、また貪食で、胃袋の奴隷で、その話したるや気まぐれ、従順ならず、抑制に我慢がきかず、高慢の罪に汚れ、虚栄に憧れ、嘘つきで、大酒飲み、お喋りで、秘密が守れず、淫らなことが大好きで、ありとあらゆる悪に陥りやすく、心から男を恋することなど断じてありません」。そして最後にはソロモン王の言葉を引いて、

「この世に善き女なし」と結論づけます。

恋のとりこになるともはや知恵などはどこかにいってしまい、肉の快楽におぼれて愚かな行いに走りかねません。恋愛に夢中になるとすべてを忘れてしまい、大切な友人との交わりを断ち、好んで女性の奴隷の境遇に落ちてしまいます。そして女性に贈り物をすることで浪費を重ねて貧困になり、名声を損なうことにもなります。さらに、人殺しをしたり、姦通、嘘、窃盗などといった罪を犯すかもしれず、女性をめぐって戦争にさえなりかねません。このように恋愛とはすべての悪の源泉であると言われます。というのは、本質的に恋愛とは肉の喜びにほかならず、「肉の喜びは善きことの本性にかなわず」、地獄落ちの罪にも値することだからです。ですから、このような悪徳に満ちた女性との恋愛などはきっぱりとやめるべきだということになります。

ここで注目したいのは、恋愛が肉体的欲望そのものであるような書き方をし、その欲望を否定していることです。つまり、ここでアンドレが恋愛と呼んでいるものは、実は以前の時代の情欲と同じものであり、新しく生まれた精神的な恋愛ではありません。

それにしても、これだけ女性のことを悪く言うと、逆に、聖職者アンドレにとっても、女性の魅力がよほど大きかったのではないかと推測できます。その誘惑を断ち切るために、これだけの悪態を並べているのではないでしょうか。

愛を退けることの書

第三の書の最後で、アンドレは恋愛について二つの異なった見解が示されたことをふたたび読者に思いださせます。最初はウォルターという若者の望みに従って、恋愛の技術をこと細かに書き記した部分。それを実践すれば、「肉の喜びすべてを十全に得られる」のだと言います。しかしそれは神の道から離れ、立派な人々との交際やこの世の栄誉を失うことにつながります。次に彼は自分の本当の意図が別の点にあることを強調します。

あなたがそんな事を尋ね求めるわけもないことは百も承知しながら、私は恋の拒否についていささか書き加えておきました。この問題は十分に取り扱ったつもりです。おそらくあなたの意に反して、それはあなたのためになると確信しています。私のこの小論を入念に研究し、完全に理解し、それが教える所を実行するなら、恋の快楽などにうつつをぬかして、大切な一生の日々を無駄にしてはならないということがはっきりとわかるでしょう。恋を慎み、それを絶つならば、天上の神もあらゆる点であなたに好意を持たれるでしょうし、あなたはこの世での幸せな成功の全てを得、立派な行いの全てを遂行し、心の栄ある願い一切を成就できる人間になることができるでしょう。そして来世には永遠の栄光と永遠の命を獲得することになるでしょう。

こうして、「愛する術と愛を退けることの書」という第三の書の題名のなかで明示される二つの側面のうち、愛を退けることにこの書の本来の目的であったということが理解できます。「教育的意図に貫かれた論旨の進行は、実際、段階を経て霊的なるものへと導いていき、肉的なるもの、すなわち女性からの脱却を促している」とジョルジュ・デュビーは主張しています。緒言と第三の書における著者アンドレの言葉を信じる限り、『恋愛術』は聖職者の論理にもとづいて書かれた恋愛からの解脱の書ということができるかもしれません。

しかし、第三の書でアンドレが退けている恋愛とは肉体的欲望です。そのなかで、女性は単に欲望の対象であり、悪の根源のように描かれます。それは決して心の問題としての恋愛ではありません。では、アンドレが前の二つの書のなかで定義した新しい恋愛の本質とはなんなのでしょうか。

4 新しい恋愛観の本質

アンドレは恋愛を退けるためにあたかも恋愛が肉体的な欲望であるかのように非難しますが、宮廷風恋愛はそれとは別のものです。十二世紀の末にはすでに確立したと思われる新しい恋愛の本質について、不倫関係、嫉妬と自由、人格といった側面から見ていきましょう。

不倫

新しい恋愛は基本的に不倫のなかで成立しました。そのことは「夫婦間に恋愛は存在しない」という規則によっても確認されます。この点は私たちにとってもわかりにくい点です。そこで、当時の社会情勢から考えてみたいと思います。

貴族における結婚とは第一に子孫の維持を目的としており、女性は父の手から夫の手へとゆだねられ、子どもを残すことが最大の課題であると考えられていました。したがって子どもを産まない女性は離婚の危機にさらされていましたし、また男性は何人かの女性をめとり子どもの確保に万全を期すことが当たり前のように行われていました。一時期話題になった、天皇制を維持するために側室をという発想と同じです。

いっぽうキリスト教の論理では、一夫一妻制を厳守し、離婚は禁止されていました。そして結婚という枠のなかに情欲を囲い込み、社会へ持ち出さないことが重要なことと考えられました。さらに夫婦の間でも快楽は排除され、「過度に妻を愛する者は姦淫を犯す者である」という聖ヒエロニムスの言葉がしばしば繰り返されましたし、アンドレ自身もその言葉を繰り返しています。

当時、こうした二つの論理のあいだで戦が行われていました。しかし、結婚の枠組みを維持するという点では両者は共通しています。貴族の求めるものは自分の血を子孫に伝えることですが、それは結婚という制度が守られてこそ可能です。結婚外の関係で自分の血の入らない子どもが妻から生まれることはなんとしても避けなければなりません。他方、聖職者の論理のなかでも、結婚は人間にとってもっとも恐るべき悪である欲望を、社会に持ち出させないために重要な役割を担っていました。

こうした状況のなかで、結婚とは個人的な感情の問題ではなく、家と家をつなぐ社会制度でした。それに対して、恋愛はまさに個人の問題です。それゆえにこそ、恋愛は結婚の枠外に成立するしかありませんでした。それが、新しく生まれた恋愛が不倫関係である理由です。

嫉妬と自由

夫婦間の愛と恋愛について、おもしろい判例があります。第一の書の六章の会話のなかで、高位の貴族の男性とふつうの貴族の女性の話題は、夫婦愛と嫉妬の問題に行き着きます。夫を愛しているので他の男性の愛を受け入れることはできないという女性の言い分に対し、男性は、夫婦の間には真の嫉妬が存在しないため恋愛も成立しないと主張して、愛を受け入れてくれるように要求します。

男性が言うには、恋の真髄は嫉妬であり、嫉妬が恋愛の防腐剤なのです。嫉妬には三つの種類があります。

一　自分の奉仕が十分ではないために相手の愛が失われるのではないかという不安。

二　自分が恋しているほどに相手は恋していないのではないかという恐れ。
三　そんなはずはないと信じながら、相手に別の恋人がいるのではないかという漠然とした心配。

ここで言われている嫉妬とは愛する人に対する純粋な思いであり、こうした不安があるからこそ相手にもっとなにかをしてあげたいと望むことになり、恋愛の衰えを妨げることにつながります。「嫉妬心のない者は恋することができない」という恋愛規則の第二条もそうした意味です。

ところが夫婦の間ではこうした嫉妬、とりわけ三番目の嫉妬は不可能だと考えられます。というのも、夫が妻を疑う場合には、夫としての自分の「権利」を利用して妻を非難することになるからです。そうした場合、嫉妬はそれ本来の相手に対する思いという性質を失い、濁ってしまいます。したがって、正しい嫉妬は恋人を恋愛で結びますが、夫婦間には恋愛がありえないということになります。

こうした議論をしたあとで、この問題に判断を下したシャンパーニュ伯爵夫人マリーの有名な手紙が引用されます。

御書面によりますと、御質問は、恋は夫婦の間に存在しうるかということと、恋人同士の間で嫉妬は有害なものかという二つの点でした。その二つの問題に関してお二人は御自分のお考えを変えようとはせず、そのために私の裁きを求められました。私はお二人の言い分を注意深く検討し、あらゆる可能な手段で問題を真剣に検討しましたが、その結果、次のような裁定で問題に終止符を打ちたいと思います。恋は結婚した二人の間でその力をふるうことができないと私はここに宣言し、これを確固として樹立した真実と見なします。なぜならば、恋人たちはお互いに自由に、なんら必要に迫られることなく与え合いますが、結婚した人たちはお互いの欲望に従い、何事においてもお互いにお互いを拒んではならない義務があるからです。さらに言えば、夫が恋人の誓いに従って妻の抱擁を享受したところで、彼の名誉がいかほど増したと言えましょうか。それによって夫婦いずれの人格の価値も増すということはなく、彼らはすでに持っている権利以上のことは何も要求できないと思われるからです。同じことをさらに別の理由でも言えましょう。すなわち恋の戒律が語るように、いかなる女性も、たとえ結婚していようと、結婚の枠の外で、恋の神御自身に仕える兵役に加入していると見られなければ、恋の王の報いを頭に戴くことはかなわぬということです。ところで恋の神のもう一つの別の掟によれば、女性は二人の男性を同時に恋することはできません。従って恋の神が夫婦の間に神のいかなる権利をも認めないのは当然のことです。さらにもう一つ、妨げとなると思われる議論があり、それは夫婦間には真の嫉妬はありえないということであって、これなくして真の恋も存在しないでしょう。恋の神御自身の掟にも言われている通りです。「嫉妬心なき者は恋することができない。」と。

以上、数多くの貴婦人の賛同を得てごく控えめに表明した私の判決です。この判決がお二人にとって変わることのない真実でありますように。

一一七四年五月一日　布告第七

この手紙でもっとも興味深い点は、恋愛関係が「自由」な結びつきにもとづいているのに対して、結婚ではお互いに「義務」に縛られ、お互いの意志に従わなければならないといわれていることです。恋愛で結ばれた男女は、義務ではなく、自由意志によって結ばれているのです。つまり、嫉妬の前提には自由があり、そのなかで相手を思いやる気持ちがあれば嫉妬は許されるし、あるいは嫉妬しなければ恋愛が消滅してしまうと考えられます。他方、二人の関係が「義務」化された場合には、嫉妬は権利の主張になってしまい、許されないということになります。恋愛の相手は、優れた相手を自由に選択するというところに、新しい恋愛観の本質があったことが、嫉妬の問題からもわかります。

人格

第一の書のなかで恋愛の条件としてもっとも重視されているのは、「人格」という要素です。確かに、三一カ条の規則ではあまり強調されず、十八条として「優れた人格だけが人を恋愛にふさわしくする」と言われているだけです。しかし『恋愛論』の中心を占める六章の男女の対話のなかでは非常にしばしば取り上げられています。

そこではまず最初に、恋を獲得するための手段として、美しい姿、優れた人格、言葉の巧みさ、豊かな富、気前のよさという五つの条件が示され、そのあとで、「人格のみが恋の王冠を戴くに値する」と宣言されます。

恋愛の四段階が示される第一の会話でも、「愛こそ一切の善の源泉である」という言葉が見られます。愛する人に値する人間になるように努力することによって自分の人格を高めることが恋愛の本質なのです。

したがって、恋愛を受け入れるための条件も人格を中心に判断されることになります。貴族の男性と平民の女性の会話のなかでは、恋の神の宮殿に入れるのは「長いこと慎重に考えた末に、善き人柄のゆえに入れる資格のある人だけ」であると、恋を乞われている女性が口にします。

伯爵が平民の女性に恋を求めるときにも、「恋することは善いことであり望ましいことであるといわなければなりません。男女の別なく、この世で善き人、立派な人と考えられたいならば、是が非でも恋をしなければなりません」と言います。そして女性の方も、「恋することが善きことであり、恋は善き人にのみ与えられるべきものというのはわたしも同感でございます」と言い、男性の意見に同意します。

プラトン的な愛の思想

ではなぜ、前の時代の肉体的欲望から人格を問題にする恋愛観への移行が起こったのでしょうか。ここで思い出したいのは、恋が人格を向上させるという、プラトン的な愛の思想です。

いわゆる「プラトニック・ラブ」という言葉は肉体をともなわない精神的な愛を意味するのに対し

て、宮廷風恋愛では肉体的な接触が禁止されているわけではないので、決してそのままプラトニックなものではありません。しかし、プラトンの『アルキビアデス』では、愛とは相手の肉体ではなく精神を愛することであるという点が強調されています。また、『パイドロス』では、イデア界に達するための愛、つまり愛によって高い次元に達するという側面に注目しています。ここでプラトン的な愛について詳しく立ち入ることはできませんが、プラトン的な愛では、恋する者たちの最終的な目標は、現実を越えた理想世界《イデア》に達することだと考えられています。

このようなプラトンの恋愛観は享楽的な古代ローマ時代には忘れ去られ、オヴィディウス的な遊びとしての恋愛観に取って代わられました。しかし、地中海をはさんで向こう側に位置するイスラム世界においてはこの伝統が保たれたようです。そしてそれは十世紀を過ぎたころから、イスラムの科学書・哲学書などのラテン語への翻訳を通して、西ヨーロッパにもたらされました。つまり古代ギリシアの思想がイスラム世界を経由してヨーロッパに逆輸入されたのです(伊東俊太郎『十二世紀ルネサンス』)。

キリスト教世界とイスラム教世界の接点は長い間イスラムに占領されていたスペインにありました。そのスペインにはトゥルバドゥールの恋愛詩に匹敵するような詩が存在し、またアンドレの『恋愛術』を思わせるような恋愛論も書かれていました。イブン・ハズムの『鳩の頸飾り』がその書です。そこにはまさにプラトン主義的な恋愛観が見られ、恋愛は優れた魂の結合によって恋する者の人格をより高めるものであるといった観点が見られます。トゥルバドゥールの精美の愛から宮廷風恋愛へとつながる恋愛観は、したがって、イスラム経由のプラトン的愛の十二世紀的な表現と考えられます。

人格による恋人選び

恋愛による人格の向上という概念は二一世紀にはそれほど驚くことではありませんが、十二世紀にはたいへんに大きな問題を含んでいたはずです。十二世紀のフランスは封建制度の時代であり、身分制社会でした。人間の価値は個人の持つ特性ではなく、生まれたときの家柄や身分に応じて決まっていたのです。ということは、身分を乗り越える恋愛は社会の安定を乱す、もっとも反社会的な行為として受け取られたと考えられます。

宮廷風恋愛は家柄よりも個人の人格の優位を説きます。たとえば、平民の男女の会話では、「あなたの高貴さは家柄や祖先ではなく、人柄とふるまいに由来します」とか「家柄の高貴さより、人柄の高貴さを尊ぶべきです」などという言葉で愛を得ようとします。また平民が貴族の女性の愛を得ようとする第二の会話でも、「恋は自然そのものに見習うべきであり、人間のこしらえた階級の差別にこだわってはいけません」と言われ、さらに「人間の高貴さは生まれではなく人格」であるという言葉も見られます。

アンドレが第二の書の七章で判決例として引用しているなかにも、こうした人格にかかわるものがありますので、それを読んでいきましょう。まだ人格的にすぐれたとはいえない若者とすぐれた人格の持ち主の年長の騎士が同じ女性に恋を求めました。若者は自分を選んでもらう理由として、もし恋を得ることができればそれによって人格を高めることができるし、しかも女性は若者を立派にしたことで名誉を受けることができると主張します。その件についてアリエノール・ダキテーヌは次のような裁定を下します。

その若者は恋を得ることによって立派な人間になることができると主張しますが、人格的にすぐれない男性を恋人に選ぶのはあまり賢いこととはいえません。特に善良で非常に立派な別の男性が彼女の恋を求めているならなおさらのことです。たとえ立派で価値あるものを受け取った場合にも、価値のない男性の欠点のために、人格が一向に改善されないということもあります。蒔いた種子が必ず実を結ぶとはかぎりません。

恋の基準を人格に置くというのは二一世紀の私たちからすればごくふつうのこととして受け入れられますし、アリエノールの言葉にそれほど驚くこともありません。しかし当時の身分制社会のなかではどうでしょうか。個人という意識がまだそれほどはっきりとは確立しているとはいえず、一族全体を含めた家こそが社会の基礎を支えている時代には、こうした価値観は反社会的で革命的なものととらえられたはずです。日本でもある時代まで、恋愛はあまり好ましくないものと考えられていました。その理由が、十二世紀の恋愛法廷の判例を読むことでわかります。

十二世紀の前半にトゥルバドゥールたちによって歌われた新しい恋愛は、その世紀の後半にはアンドレの『恋愛術』のなかで定式化され、規則として定められました。次の章からは、こうした全体的な流れを踏まえた上で、それぞれの物語のなかで恋愛がどのように描かれているか見ていきましょう。

第II部

「恋愛」のつぼみ

第3章 恋愛誕生以前——『聖アレクシス伝』と『ロランの歌』

第Ⅰ部では、トゥルバドゥールによって南フランスで精神的な恋愛感情が表現されるようになり、それが十二世紀後半には北フランスの宮廷で規則として定式化されたことを見てきました。この章では、新しい恋愛感情が誕生する以前のフランスの状況を確認してみましょう。

十一世紀に北フランスで盛んに語られた（あるいは歌われた）ジャンルは、聖人伝や武勲詩でした。そこで展開されるのは神への賛歌や、封建制度にのっとった貴族（騎士）の論理の高揚です。人間的な感情として描かれるのは家族愛や友情であり、恋愛がテーマになることはありませんでした。こうした状況のなかで、女性への視線がどのようなものであり、結婚がどのようにとらえられていたかを知ることは、それ以降の変化を知る上で貴重な情報となります。私たちにとって当たり前になってしまっている恋愛観が生まれる以前の状況はなかなかわかり難いものです。それを知るためにここでは聖人伝の代表として『聖アレクシス伝』を、武勲詩の代表として『ロランの歌』を取り上げます。

1 『聖アレクシス伝』における結婚

『聖アレクシス伝』はキリスト教の教えを広めるため、十一世紀に作られた物語で、家族を捨て神への愛に一生を捧げた聖人の姿が描かれています。

ここで興味を引かれるのは、このような宗教的な物語のなかで、人間の感情が非常に鮮明な言葉で表現されるようになったことです。アレクシスの失踪を嘆く父母や妻の声はとても生々しく描かれています。それは中世にあってはとても新しい人間的な感情表現でした。そうしたなかでアレクシスと結婚した妻の存在も描かれます。しかし、これから見ていくように、この夫婦愛は肉親愛と同じ扱いであり、二人の関係は恋愛には見えません。

あらすじ

ローマ皇帝の重臣ウーフェミアンには長い間子どもができなかった。しかし、心を込めて神に祈り、やっと子宝に恵まれる。そして、その子はアレクシスと名づけられることになる。アレクシスが成長

図2●聖アレクシス伝のいくつかの場面
Scènes de la vie d' Alexis : Hildesheim, Psautier de Saint-Albans, fol. 29, d'après O. Pächt, C. R. Dodwell, F. Wormald, *The St. Albans Psalter*, 1960.

すると、父親は子宝に恵まれるか心配して、立派な家柄の娘を嫁として与える。ところが、アレクシスは結婚式が終わると、妻を諭して神に仕えることを説き、その夜のうちに家を出てしまう。そして、聖マリアの像のあるアルシルという町につくと、持っているものをすべて人々に与えてしまい、清貧の生活を送り始める。

いっぽうアレクシスの家出を知った父母と妻の嘆きは大きく、彼を探すために、召使をあらゆる土地に送る。しかし、ある召使は、物乞いをするアレクシスに出会ったにもかかわらず彼だと気づかず、その捜索は無駄に終わる。

アレクシスの方は、そのような生活を続け、十七年間アルシルの町で過ごす。ところが、十七年目のある日、マリアの像が寺男に、「神の僕を呼ぶべし」と言い、結局アレクシスが聖人であることが、町中に知れわたってしまう。人々が自分を崇めに来るのを見ると、「かかる崇敬の的となり、信心の障りとならんも心憂し」と考え、その地を去ることにする。

そこで、船に乗ってタスソスに行こうとする。しかし強い風が吹き、アレクシスを乗せた船は、彼の生まれ故郷であるローマに運ばれていってしまう。そしてそこで、アレクシスは父親に出会い、父の家の階《きざはし》に暮らすことになる。そして、父や母や妻の嘆く声を聞きながらも、自分の身上を隠し続け、そこでまた十七年の歳月を過ごすことになる。

このようにして、三四年間の苦行の末、アレクシスは重い病に冒され、自分の死ぬべきときが来たことを悟る。そして、羊皮紙に自分の生涯を書きつづり、それを死ぬまで離さないでいる。同じころ、ローマでは、都が崩れ落ちるのを防ぐために聖人に祈れという神のお告げがある。そこで教皇をはじめ、西ローマと東ローマの二人の皇帝が聖人を探し求める。そして、これも神の声で、聖人がウーフェミアンの家にいることがわかり、死んだばかりのアレクシスを見つけだす。教皇はアレクシスの手にある羊皮紙を見つけ、彼の生涯が人々の目に明らかになり、アレクシスは聖人として祭られることになる。彼の名を唱えると、どんな病人も病が癒えるという奇跡を引き起こし、七日の間人波が続いて埋葬することができないが、最後にやっと聖ボニファキウス教会に埋葬される。

この聖人伝では、最後に、天国で妻とともにいるアレクシスに言及され、こうつけ加えられる。

神よ、この世にかりそめの生を受けしこの聖人
いかに尊き苦悩に耐え、ひたすら神に仕え給えしか
その魂いまは栄光に輝くもむべなるかな
望みしことはみな手に入れたれば、さらに欠くところなく
とりわきて、神の身許にあればなし

私たちの目から見て一番納得がいかないことは、聖人と言われる人がなぜ家族の悲しみを顧みず、しかも結婚式の当日に、家を出てしまうのかということでしょう。その意味を理解するために、まず最初に、当時の結婚についての考え方を見ていきます。

貴族における結婚のモラル

当時、貴族たちは結婚をどのように考えていたのでしょうか。

現代の国語辞典を引くと、「結婚とは男女が夫婦になること」といういとも簡潔な定義がなされています。私たちはこの結合が一般には愛情にもとづくものと考えているのではないかと思います。たとえお見合いをするにしても、相手に愛情を感じなければ結婚はしないのではないでしょうか。しかし、中世の国王や領主たちにとって結婚と愛情とは別の問題でした。ジョルジュ・デュビーは当時の結婚の役割を以下のように説明しています。

「結婚という習慣が制度化されたのは、男性間に女性が秩序正しく分配されることを保証するためであり、また女性をめぐる男性間の競争に規律をもうけ、生殖を公認し、社会化するためであった。この習慣は、誰が父親であるか名指すことによって、唯一の明確な親子関係である母と子の関係に、もう一つの親子関係を加えることになる。また合法的な結合を他から区別して、そこから生まれる子どもに相続人の資格を保証する。すなわち先祖の名とさまざまな権利を与えるのである。結婚は親族関係の基礎を作り、そして社会の土台を築く。社会という建物の要石を形成するのである」(『中世の結婚』)。

このように、結婚というのは、第I部でも見たように個人の問題ではなく、社会的な問題なのです。そして、子孫の確保と財産の維持とがもっとも重要なことになります。結婚は子孫を得るための手段であり、女性はその道具だと考えられていました。そこでは愛情などということはまったく問題にされていないかのようです。

もう少しだけ具体的に検討すると、まず子孫の確保ということには二つの側面があります。その一つは、上記の引用では「さまざまな権利」という言葉で表されていますが、その中心は財産(土地)の維持・拡張ということになります。

もう一つの側面は、「祖先の名」という言葉で表現されていることで、血統を維持することが最大の関心事でした。この点に関しては、『ロランの歌』について考察していくときに具体的に見ていきますが、当時の騎士階級の人々にとって祖先の勇敢な血を子孫に伝えていくことが中心的な課題でした。一人一人の人間は個人として自立している存在であるよりも、一族という鎖のなかの一つの輪にすぎず、自分のところでその鎖を切らないようにすることがもっとも重要だと考えられていたのです。

結婚して子どもができない場合、子孫がとだえてしまうことになります。そのような事態になるとすぐに一族が消滅してしまう危機となるわけです。ですから、もし結婚しても子どもができないときにはその相手の女性を交換する必要が出てきます（ここでも、現代ならば、男性の側に問題があるかもしれないというところでしょうが、当時はすべて女性にかかっていると信じられていたようです）。たとえば、詩人として有名なアキテーヌ公ギヨーム九世や、フランス国王フィリップ一世などは、何回かの結婚と離婚を経験しています。それは愛情の問題というよりも子孫のことが関係していました。貴族階級の人々にとっての結婚とは、家門の維持を保証するための制度だったのです。

聖職者における結婚のモラル

それに対して、聖職者はどのような立場に立っていたのでしょうか。八世紀ごろまでは、宗教が結婚にかかわることはなかったようです。つまり、結婚は世俗の事柄であり、聖職者は結婚に介入しなかったのです。しかし聖職者たちは徐々に結婚を自分たちの領域に取り込むようになっていきます。そして九世紀ごろになると、キリスト教的な見地から世俗の結婚のモラルに異義を唱え始めます。そのころ聖職者が俗人に教えた結婚のモラルは、(一) 一夫一婦制、(二) 族外婚、(三) 快楽の抑制、という三つの掟に要約することができます。

ここで重要なことは、キリスト教のモラルでは離婚は禁止されることです。しかし、それは貴族階級にとっては大変な問題です。もし家長の夫婦に子どもができない場合、一族が存続の危機を迎えることになってしまいます。そこで王侯貴族たちは、近親であることを理由として妻と離婚するという手段に訴えていました。そのことに対して、聖職者たちは最初のうちは寛容でしたが、十二世紀ごろからは彼らの力が強まり、離婚が厳格に禁止されるようになっていったようです。実際、離婚した者に対して教会から破門の宣告が多く出されたようです。

さらに興味深いのが、快楽の抑制というモラルです。キリスト教では初めから、性的活動は悪いものと考えられていました。肉体的な活動をしないまま一生すごすことがもっとも望ましい人間の生き方なのです。聖職者が俗人の上に立つのも、禁欲にもとづいていると考えてもいいかもしれません。「地上において神への奉仕に身を捧げる人々は、天使のすぐ下という最高位におかれる。（……）彼らが優位に立つのは、純粋さということに由来するのであった」（『中世の結婚』）。ここで純粋と訳されているのは純潔ということです。

しかし、キリスト教者全員が禁欲してしまえば子孫がいなくなり、ひいてはキリスト教者がいなくなってしまいます。そこで結婚によって子どもを生むことが俗人には許されることになるのです。「貴族と農奴の役割は、女に子供を生ませることなのである」（『中世の結婚』）。

ただしそこで、生殖行為において快楽を感じてはいけないという条件がつきます。結婚は姦淫が行われるのを防ぐ防波堤であり、人を罪から遠ざけるのだと教えられるのです。その上で、結婚生活においても快楽を感じればそれが姦淫だと言われました。これもいまの私たちからすればずいぶんと奇妙なことに感じられるのですが、実際に教会のなかではこのようなモラルが説かれ、それに従った贖罪規則書まで作られていました（阿部謹也『西洋中世の男と女』）。そのなかには、夫婦間で性的な行為をしてはいけない場合がはっきりと定められています。そのような表を見ますと、個人的な性の問題にまで教会がいかにかかわっていたかということがよくわかります。教会のモラルにおいては、夫婦の性生活においても快楽は禁じられ、結婚しても純潔を保ち続けるのが理想的な夫婦であったのです。

結婚をめぐる貴族と聖職者の戦い

二つの階級における結婚観の一番大きな対立点は離婚に関する点です。貴族は第一に子孫の維持を目的としており、女性は父の手から夫の手へとゆだねられ、子どもを残すことが最大の課題でした。キリスト教の論理では、一夫一妻制を厳守し、離婚は禁止されていました。ところで、こうしたこの聖職者と貴族（王族、領主、騎士）の間の権力闘争の頂点にはローマ教皇とフランス国王がいました。そして、ローマ教皇は離婚しようとするフランスの大貴族や国王を破門にし、自分たちの権力を王権の上に置くことに成功していきました。時代が進むに従い、聖職者の論理が貴族の論理の上に立つことが明確になっていったのです（『中世の結婚』）。

『聖アレクシス伝』の終わりの方でも、アレクシスが天に召されるとき、教皇と二人の皇帝が登場しますが、そこでは明らかに教皇が皇帝の上に位置しています。皇帝は地上の支配者にすぎず、教皇は魂を導く天上の支配者の代理人なのです。聖人伝というのは、その名前の通り、聖職者たちが自分たちの教えを広めるために作ったものですから、聖職者の思想が表現されているのは当然です。しかし、これまでに見てきたような時代状況も反映しています。

結婚に関するこのような二つの立場の争いを通してみたとき、アレクシスがなぜ結婚式のあとで妻に天国における真実の生を教え諭し、家を出ていくのかが明らかになります。そこには、聖職者と貴族のモラルの葛藤が明瞭になるような状況が描きだされているのです。父親は貴族階級の考え方に従ってアレクシスを結婚させ、子孫を得ようとします。他方、アレクシスは聖職者の結婚観を体現し、結婚生活を逃れて隠遁者としての生活を送ろうとします。彼が聖人として崇められるのは、まさに彼が教会の結婚に対する意識を具現化しているからです。聖人伝は聖職者たちが俗人にキリスト教の教えを伝えるために語られたわけですから、アレクシスの生き方が称揚されるのは当然だということになります。

夫婦愛は肉親愛

聖人の神への愛を効果的に描き出すための手法として、『聖アレクシス伝』においては父母や妻の嘆きの声がとても生々しく響きます。そうした人間の感情を生き生きと描き出すのは当時としては新しい表現法だったと考えられます。私たちはその表現のおかげで、三人の悲しみをはっきりと読みとることができます。そして、その表現を通して見たとき、結婚式の夜いなくなってしまった夫に対するる妻の悲しみと父や母の息子に対する嘆きに違いがないことに気づきます。夫婦の間にあるのは恋愛感情ではなく、肉親に対する愛情なのです。

確かに、三人の嘆きの表現はどれも感動的で胸を打ちます。たとえば、この聖人伝のなかの頂点ともいうべき、アレクシスが亡くなった場面を見ていきましょう。アレクシスは聖人ですから、もちろんキリスト教的な「よき死」を迎えます。しかし、彼の死を受けとめる肉親の悲しみや嘆きの声はびっくりするほど激しいもので、数多くの言葉が費やされています。父親の嘆きは七八節から八四節までの七節。母は八五節から九三節までの九節。妻のようすは九四節から九九節までの六節。合計二二節が費やされて、アレクシスの死を嘆く肉親の感情が表現されているのです。

そのなかで、悲しみのありさまがもっとも痛切に歌われているのは母親の嘆きの声です。そこでは、息子に先立たれる不幸を嘆く母親の悲しみの感情が率直に表現されています。

父親の悲しみ嘆く声の、あまりに大きければ、
母親また、それを聞きつけたり
さながら狂える女のごとく、両の手を打ち
喚《おめ》き叫び、髪振り乱しかけ寄りて
子の変わり果てたる姿を見るや、気を失いて倒れ伏す。（八五）

（……）
髪掻きむしり、胸を打ち、
われとわが身を、責め苛なみて、
「わが子よ、そなたはかくまで妾《わらわ》を憎みたるか。
不幸にも、妾は何と盲《めしい》たりしか。
会見たることなき者のごとく、そなたを身知らざりき。」（八七）

母親、さんぜんと涙流し、喚《おめ》き叫びて、
ひたすら悲嘆にくるるばかり、
「愛しき息子よ、そなたを身籠りしが不幸の因《もと》。
この母を憐とは思わざりしか、死を望むこの母を見て、
憐れみの心発せざりしは、不思議の事と言いつべし。（八八）

母親のこれほどの激しい感情表現と比べると、妻の表現はややおさえられています。

アレクシス様　げにも久しく慕い申せしか
いかばかり君がため　涙を涙を流せしか

君を偲び　はるかの彼方を望みしことも度々に及べり
もしや君の　帰り給わんことを思いて
心くじけしためならず　君が妹を慰むるため（九五）

愛しき人よ　美しき青春よ
その地に埋もれ　朽ち果つるを思えば悲しも
心高き方よ　哀れ悲しきこの身で
よき報せを　望みいたりしものを
その報い　かくまでも辛く悲しきものとは（九六）

形よきその口元　麗しきその顔容《かんばせ》　雄々しき御姿
かくまでも　変わり果てたるものかな
何人にもまさりて　愛しいと思いしものを
今は大いなる苦しみに　打ちひしがれてあれば
同じくは　死なましものを（九七）

妻の嘆きのなかには確かに母親とは違う思いが込められ、アレクシスの容姿に対する言及や「青春」などという言葉も見られます。しかしここには十二世紀に新しく生み出されることになる恋愛感情の表現はまだ見られません。妻は恋愛によって夫に結ばれるのではなく、家族のなかにその一員として迎えられたのであり、二人の間にあるとすればそれは家族愛であるということが、アレクシスの妻の表現から感じ取られます。

2 封建制度における女性の地位——『ロランの歌』

『ロランの歌』は武勲詩であり、シャルルマーニュに忠誠をつくすロランの姿、戦に敗れ死を迎えるときのロランとオリヴィエの友情などが雄々しい言葉で描かれています。また、そこでくりひろげられる古の英雄たちの華々しい戦の物語は、ジョングルールと呼ばれる吟遊詩人たちによって、ヴィエールという楽器にあわせて歌われました。そうしたようすは、琵琶法師によって歌われた『平家物語』を思い描くとわかりやすいかもしれません。

『ロランの歌』は男性の論理に貫かれていますから、女性が出てくる場面はほとんどありませんし、女性への愛が語られる場合でも、男性の視点に貫かれています。恋愛を扱う本書のなかで、この武勲詩は余分な要素と思われるかもしれません。しかし、トゥルバドゥールの章でふれたように、女性上位の新しい恋愛は、実は当時の封建制度を下敷きにしたものでした。同じ構図にのっとり、君主の位置に女性を置き、家臣の位置に若い騎士を置いたのです。ですから、奉仕とその返礼によって成立している封建制度のあり方を確認していくことは、新しい恋愛の形を理解するためにも有用なことです。またあとで見ていくように、マリー・ド・フランスやクレチアン・ド・トロワの物語では、正しい恋をする騎士はよきキリスト教徒であるべきだと言われます。そうした考え方もやはり当時の社会の価値観を反映しています。『ロランの歌』でも、騎士の価値観だけではなく、キリスト教の価値観が明確に描かれています。その意味でも、男性の論理とキリスト教的論理の融合を知ることは大切です。

ここでは具体的な問題を検討する前に『ロランの歌』のあらすじを少し細かく追っていきましょう。

あらすじ

悲劇の原因

スペインに遠征した皇帝シャルルマーニュは異教徒（イスラム教徒）を打ち破るため七年間の戦いを続けてきた。そして、すでに、マルシル王がたてこもるサラゴサが残るのみとなっていた。

そのような状況のなかで、窮地に立ったマルシル王は、負け戦を逃れるために、偽りの和議の提案をする。シャルルマーニュの側では、その申し出を受けて、皇帝は家臣たちを集め協議をすることになる。皇帝の甥ロラン伯は、マルシルの申し出は偽りに違いないと考え、最後まで戦うことを主張す

図3●ロランの死

Charlemagne retrouve le corps de Roland : BN, fr. 6465, fol. 113 *Les grandes chroniques de France*, J. Fouquet, xv^{e} s.

る。それに対して、ロランの義父ガヌロンは、マルシル王が慈悲を求め、キリスト教に改宗すると言っているのだから、和議に応じるべきだ、という意見を述べる。そして、結局、異教徒の王の提案を受け入れることになる。

ついで、誰がマルシル王の許に使者として行くかという問題が持ち上がる。というのも、使者として敵の陣地に赴くのはたいへんに危険な役目であり、これまでにも使者が何人も殺されていたからだった。シャルルマーニュは、ロランを始めとする十二人の臣将をその対象から外すように命じる。そこで、ロランは、ガヌロンを使者に推薦する。その提案に義父のガヌロンは怒りをあらわにし、ロランと激しいやり取りをする。

ロランに恨みを抱いたまま、使者としてイスラム教徒の陣地にやってきたガヌロンは、自分の命を救い、またロランに復讐するため、マルシル王と取引をする。ロランさえいなくなれば、シャルルマーニュの力は衰え、皇帝は戦いに倦み疲れるというのだ。そして、和議を約したあと、シャルルマーニュがフランスに戻るとき、軍の後衛部隊をロランに指揮させ、その部隊を総攻撃するという密約を結ぶ。

さて、シャルルマーニュの軍に戻ったガヌロンは、計画どおり、部隊が祖国めざして戻る際に、後衛部隊の指揮をロランに取らせることを提案する。そして、皇帝はロランを失うことを恐れ嘆き悲しむが、しかしロランの方は血気盛んに、その危険な役割をはたすことを承諾する。

悲劇

十二人の武将と二万人の兵士を引き連れたロランの後衛部隊がロンスヴォーの谷にさしかかると、十万のサラセン軍が彼らに襲いかかろうとする。敵の気配を感じたとき、ロランの親友オリヴィエは、ロランに、角笛を吹いてシャルルマーニュの助けを求めるように進言する。しかし、「ロランは猛く、オリヴィエは智し」（第八七節）と言われるように、ロランは自分の武勇を信じ、角笛を吹くことを拒絶し、あくまでも皇帝から任された精鋭部隊だけで戦うことに固執する。その結果、数の上で劣勢のフランス軍は、全滅することになる。

負け戦が決まったとき、ロランはシャルルマーニュにこれを知らせ、仇を討ってもらうために、今度はオリヴィエの反対を押し切って、角笛を吹く。そして、援軍が到着する前に、キリスト教として、「よき死」を迎える。彼の魂は、聖ガブリエルに伴われて、天国に昇っていく。

シャルルマーニュの報復戦

シャルルマーニュは、ロランの角笛の音を聞きつけると、さっそく軍をとって返し、ロンスヴォーの谷へと向かう。そして、サラセン軍を徹底的に打ち破り、ロランの率いた後衛軍の仇を討つ。太陽が沈まないように神に祈り、夜にならないようにした上で、逃げようとするスペイン勢を追いかける。

そして、エブロ川まで追い詰め、溺死させる。

太守バリガンの来援とガヌロンの裁き

サラセン人の王マルシルは、たった一人この負け戦を逃れ、サラゴサにたどり着く。そこに、すでに六年前に援軍を依頼しておいた全イスラムの太守バリガンが到着する。マルシル王は、全領土をバビロニアのバリガンに差し出し、彼を主と仰ぐことになる。

このようにして、キリスト教世界とイスラム教世界の全面戦争が始まる。そして結局、激しい戦いは、シャルルマーニュとバリガンの一騎打ちによって、決着がつけられることになる。シャルルマーニュはバリガンの一撃を兜に受け、危うく敗れそうになるが、その時天使ガブリエルが神の使いとして彼を励まし、そのおかげでキリスト教の王が最終的な勝利を収める。このようにして、シャルルマーニュはサラゴサを陥落させ、スペインの平定を終え、フランスに帰国する。

皇帝は、首都エクスに戻ると、さっそく裏切り者のガヌロンを裁判にかけるため、諸侯を召集する。そして、財宝に目がくらみ、ロランを始めとする十二人の武将と二万人の後衛部隊をマルシル王に売り渡したとして、皇帝自らガヌロンを反逆罪で告発する。いっぽうガヌロンは、彼の行為はロランが彼の財産を横領したことに対する恨みから出たものであり、それは一般的に認められている個人的な復讐であって、反逆罪にはあたらないと主張する。そして、自分の言い分を証明するため、ピナベルという強者に決闘の代理人になるよう要請する。

法廷は、金銀を積んでも死者は生き返らないし、またピナベルと戦うのは狂気の沙汰だという実際的な理由から、ガヌロンの言い分を認めるように皇帝に進言する。

シャルルマーニュは裁判の負けを悟り深く悲しむ。そのときチエリーという騎士が一同の前に進み出て、皇帝の主張を守ろうと言い、ピナベルとの間で一騎打ちが始まる。そして、苦戦の末、勇士ピナベルを打ち破る。

その決闘によって、ガヌロンの罪が決定し、シャルルマーニュはロランの仇を討つことができる。

オード姫

さて、『ロランの歌』のあらすじで見てきましたが、男性社会の力の論理を全面に押し出した武勲詩のなかに、女性の占める場所はほとんどないことがわかるでしょう。そこでの理想は武勇であり、力なのです。こうしたなかで、わずかにロランの恋人としてオード姫という名前が挙げられます。そして、彼女の扱いを通して、恋愛誕生以前の女性への視線を読みとることができます。

イスラム軍に破れることがはっきりとしたとき、ロランは親友のオリヴィエに、角笛を吹いてシャルルマーニュに救いを求めるかどうか相談します。その会話のなかで、オリヴィエは自分の妹であり、またロランの恋人でもあるオード姫について口にしています。

オリヴィエは重ねて、「この髭にかけて、
わが愛しの妹オードに再び相見ゆることあれば、
妹が腕を枕にして、二度と寝かせはしまいぞ。」
（第一三〇節）

負け戦のなかでのこのオリヴィエの言葉はたいへんに唐突に思えますが、とにかくここでは、オードの意志など問題ではなく、彼女は兄オリヴィエの考え次第で、どうにでも動かされる存在として描かれています。

さらに別の言い伝えによれば、ロランがある城を攻め滅ぼした手柄としてオード姫が与えられたのだということです。つまり、男性の側の武勇に対する褒美として女性が与えられているのであり、個人的な恋愛感情があるかどうかなど問題になっていません。

また、他の箇所では死を迎えたロランは延々と名剣デュランダルに対する哀惜をつらねます。しかし、オード姫についての言及はまったくありません。この場面を読む限り、オード姫はロランの心のなかにまったく場所を占めていないようなのです。武勲詩の世界における騎士の頭のなかには力の論理しか存在せず、恋愛が心をかすめることはないかのようです。

オード姫の死

戦を終えてフランスに戻ってきたシャルルマーニュのもとにオード姫が駆けよりロランの消息を尋ねたとき、皇帝は涙ながらにロランの死を伝えます。と同時に、ロランに代わる夫として自分の息子をめあわせようと口にします。ここでも個人的な感情としての恋愛は問題にされていません。男性の論理のなかでは、家柄がより高い者を夫として与えれば、個人の感情はどうでもいいかのようでさえあります。それに対して、オード姫だけがまったく別の反応を示します。

オード応えて、「異なことを承わりまする。
ロラン様の亡き後に生き永らえるなど、
神を始め、聖者も天使も許したもうことなかれ。」
生色失い、シャルルマーニュの足下にくずれおち、
たちまちにはかなくなりぬ。願くば神、姫の霊を憐れみ給え。

（第二六八節）

このようにして、ロランの死を知ったオード姫はそのまま床に倒れて死んでしまいます。ここで女性は、愛する戦士の帰りをただひたすら待ち続ける受け身的な存在としてしか描かれません。「女性

は、戦士を、勇者を愛し、彼の栄光に包まれて生き、彼に自らを与えることのみを希求する。彼女は彼を待ち、もし帰らなければ、沈黙のうちに死ぬ」(アンリ・ダヴァンソン『トゥルバドゥール——幻想の愛』)。ですから、『ロランの歌』のなかで恋愛に言及されたとしても、それは男性の側からの一方的な欲望の充足か、さもなければ、女性の受け身的な愛でしかなかったのです。

封建制度における王と騎士の主従関係

『ロランの歌』は男性中心の視点から書かれた戦記物であり、女性の役割はまったくないか、あるいは受動的で抑圧されたものでしかなかったことを見てきました。新しい恋愛観のおもしろさはそれが一気に逆転するところにあるのですが、実はその変化も当時の社会制度であった封建制度にのっとっています。そこで本題とは少し外れるように思われるかもしれませんが、封建制度について見ていきます。

ロランはシャルルマーニュに忠誠をつくすわけですが、二人の関係が封建時代の主従関係にあることを見のがしてはなりません。封建制度というのは、十世紀から十五世紀にかけての独特の社会制度であり、人間関係のあり方です。この時代の貴族階級は、その内部でいくつかの階層に分化していました。その最上部には皇帝や王が位置していました。その下には公や伯と呼ばれる大領主がいます。彼らはときとすると国王よりも大きな領地を所有し、経済的にも軍事的にも強大な力を有していることもありました。さらに彼らの下には地方の領主がおり、最後に領地を持たない下級の騎士が存在していました。

この騎士制度が封建制度の基礎なのです。一人の騎士は自分の君主との間に主従関係を結びます。つまり、家臣として君主に「忠誠の誓い」を立てるのです。それに対して君主は保護を約束し、また「封土」を与えます。封建制度とはこの「封土」を媒介にした保護と忠誠あるいは奉仕にもとづく主従関係のことです。

奉仕

いったん主従関係が結ばれるとお互いの間に義務が生じてきます。家臣が君主を裏切らないことは当然なのですが、それ以外にも二つの奉仕の義務がありました。それは、「助力」と「助言」です。「助力」というのは基本的には軍事的な助力であり、いったんことがあれば武装して君主を助けにいきました。ロランがシャルルマーニュに仕えるのもこの軍事的な助力が中心をなしています。ロランの戦いは彼個人のためのものではなく、君主であるシャルルマーニュを助けるという家臣としての義務なのです。

「助言」というのも、『ロランの歌』を理解するうえで重要な要素です。皇帝であるはずのシャルルマーニュでさえ、重大な決定を行う場合には必ず家来を集めて意見を聞き、自分一人で決断を下すことはありません。たとえば、スペインから引き上げるとき、しんがりの部隊を誰に任せるかを決定するとき、シャルルマーニュは自分の意志に反してガヌロンの主張を受け入れなければなりません。また、そのガヌロンを裁くときにも、反逆罪という皇帝の告発がそのまま認められるのではなく、結局は彼の意志を代弁するチエリーによる決闘の結果を待たなければなりません。というのも、この時代は集団生活の時代であり、権力者といえども主従関係の網の目のなかで縛られていたからです。逆に言えば、助言をするのが家臣の義務だと考えられていました。

保護

他方、家臣の側からの助力と助言という「奉仕」に対して、君主は「贈り物」というかたちでの「保護」を与えなければなりませんでした。そして、君主の美徳は、けちけちせずに気前よく家臣たちに贈り物をすることにありました。食事や武器、金銭、装身具などが騎士の「奉仕」に対して与えられます。偽りの和議を提案したマルシル王がシャルルマーニュに贈り物をしたのも、それらを兵士たちに分け与えるというのも、このような制度があったからです。

それらの贈り物のうちでももっとも重要だったのは、「封土」つまり土地です。家臣たちは君主に忠誠をつくし、助力と助言を約束しますが、それはなによりもまずこの土地を受領するためでした。この時代にあって真の富というのはなによりも土地だったからです。貨幣経済がまだ発達していない時代にあっては、土地からあがる利益がもっとも大きな収入となります。ですから、封土こそが家臣の忠誠に対する最大の報酬なのです。

封建制度とは、結局、こういった封土を媒介とした保護と奉仕にもとづく主従関係であるといえます。ここでは、上に立つ者が下の者に土地を借与し、名目的な所有者は上の者でありながら、実質的な使用権は下位の者にあるというような形の土地所有の形態がいたるところに張りめぐらされていました。ですから、この時代にあっては、土地が人と人を結びつけていました。

恋愛への応用

ここで、『ロランの歌』とは直接関係ありませんが、封建制度が新しい恋愛観とどのように関係しているか見ておきましょう。新しい恋愛観のなかでは、女性が男性の上に位置することになります。したがって、女性が君主であり、男性は家臣となるのです。そして、君主と臣下の者の間で結ばれる「奉仕」と「保護」の契約に対応するものが、「愛の奉仕」とその返礼にあたります。臣下の者は君主に対して奉仕を提供し、それに対して君主は保護を与えました。この関係を、女性と男性の関係にそっくりそのままあてはめたのが、新しい恋愛観だと考えられます。愛する者は自分の恋人に奉仕を約束し、忠誠を誓う騎士であるということになります。それに対して、貴婦人は、保護としてなんらかの見返りを義務づけられることはありません。しかし、愛を受け入れる場合には、指輪の贈り物や、接吻を与えることになります。これは、主従関係を結ぶときに行われる儀式をまねたものだと考えられます。

保護（封土） 君主 ⟶ 臣下 ⟵ 奉仕	指輪、接吻 貴婦人 ⟶ 騎士 ⟵ 愛の奉仕

このように考えると、新しい恋愛の基本的な構図が当時の封建制度をそのまま利用していることがよく理解できます。しかもおもしろいことに、男性の論理で作られたこの制度の中で、上位の位置に女性を置くことにより、女性に対する視線は以前のような見下したものから、見上げるものへと転換することになりました。

正しい騎士の姿

新しい恋愛が当時の封建制度にのっとっているとすると、封建制度のなかで模範とされる騎士・臣下像は正しい恋人像とも重なります。そこで今度は、ロランを通して、あるべき騎士の姿を探っていきます。

『ロランの歌』では、戦士のモラルと聖職者のモラルは、完全に一つのものとして描かれています。

「よき騎士はよきキリスト教徒」でなければならないのです。実際、キリスト教的な価値観は『ロランの歌』のすみずみにまでいきわたっています。シャルルマーニュは神に選ばれてキリスト教国全土を支配する偉大な皇帝であり、ロランの死は聖人の死そのものです。ガヌロンを裁く裁判も一騎打ちによって判決が決定されますが、これも裁判が神の意志の発現であると考えられていたことから行われたことです。このような世界観をいちおう考慮した上で、『ロランの歌』に見られる騎士的な側面からは「忠誠」を、キリスト教的な側面からは「殉教」を取り上げ、検討していきます。

忠誠

当時の社会の価値観はキリスト教によって完全におおわれていたにもかかわらず、戦う者たちの価値観も同時に保たれていました。ということは、一方が他方を排除してしまったのではなく、むしろ二つの世界観がある程度調和したと考えた方がいいのかもしれません。

ロランの武勇はとりわけ大きく取りあげられていますが、個人的な目的のために発揮されたのではありません。それは封建制度にのっとり、家臣であるロランが君主のシャルルマーニュに対する「奉仕」として行われたのでした。ロランは、マルシルからの使者が偽りの和議の提案をもたらしたとき、これまでの戦を振り返り、こう言います。

彼、王に向かい、「マルシルを信じるは禍いの因
われらイスパニアにあること、まる七年。
陛下のために、わたくしは、ノーブルとコミーブルを征服し、
ヴァルテルヌとピーヌの土地を切り取り、
バラグェ、テュエル、セジーリを攻略す。（……）」
（第十四節）

ここではっきりと、戦いが自分のためではなく、皇帝のためであると言明しています。そして彼の名誉は、皇帝のために戦い、皇帝に変わらぬ忠誠をつくすことなのです。ですから、ロンスヴォーの谷における決戦の直前にも、ロランの口から出てくるのはシャルルマーニュに対する忠誠の言葉ばかりなのです。

「われら臣下たるもの、王の御為には困苦も忍び、
極寒にも炎熱にも耐えるべきぞ。
血を流し、肉も削るべきぞ。（……）」
（第八九節）

このような言葉からも、君主に忠誠をつくす臣下の鏡としてのロランの姿が封建制度の下で大いに

たたえられたことが理解できます。

殉教

『ロランの歌』は武勲詩ですから、一見すると華々しい戦闘の場面に終始するように思われるかもしれませんが、実は騎士のモラル以上に聖職者のモラルが鮮明に描かれています。というのも、この物語の背景には十字軍があり、多くの武勲詩は十字軍の思想を一般の人々に受け入れさせ、戦意を高揚するために歌われたからです。

そして、十字軍のような、聖戦で命を落とす者は殉教者として天国に迎えられるという思想が明確に描かれています。実際、『ロランの歌』における戦いは、スペインのイスラム教徒たちに死か改宗かを迫るキリスト教側から見た聖戦でした。ですから、シャルルマーニュを筆頭に、この戦に参加した騎士たちはみんなキリスト教を守り、それを広めるために戦っていることになります。ロランの後衛軍に従っている大僧正チュルパンは、合戦が始まる前に味方の兵士たちに向かってこう呼びかけます。

「フランスの諸将よ、シャルルはわれらをこの地に残したもう。
われらが君主のために、死するは当然。

キリスト教の御法のために、力を貸したまえ。
かなたにサラセン勢を、見るからには、
合戦も、はや間近しと覚えたり。
いざ罪を悔い改めて、神に許しを乞いたまえ。
おんみらの魂を救わんがため、お清めを申す。
死せば聖となって、
いと高き天国に、座を与えられん。」
フランス勢は馬をおり、大地にひれ伏せば、
大司教、神に代わりて祝福を与え、
罪障のため、戦わんことを命ず。
（第八九節）

このような聖戦の思想は、第一回の十字軍の呼びかけが行われた、一〇九六年のクレルモン・フェランの宗教会議以前には見られません。また、現実の第一回の十字軍において、一〇九七年ニケアを包囲し攻撃をしかける前に、実際にこのような贖罪の祈りが行われたことが記録に残されています。

異教徒との戦闘で死ぬ者は殉教者として天に登ることができるという思想はここ以外にもはっきりと描かれています。大僧正チュルパンは別の箇所でも、劣勢になり追い詰められたロランや十二人の臣将を励ますために天国を約束します。

「聖なる天国の門は、おんみらのために開かれ、
清き幼子の許に、御座を得んこと疑いなし。」

（第一〇四節）

ただ一人生き残り、チュルパンはじめ他のすべての武将たちの屍を前にしたロランも天国について言及します。

「願わくば、栄光の神、おんみたちの魂を残らず迎えられ、
天国の聖なる花の間に置かれんことを。」

（第一六二節）

このあと、ロランも壮絶な死をとげますが、その死はまさにキリスト教者にふさわしい「よき死」の典型として描かれています。この「よき死」というのは、自分の死期を悟った人間が、これまでの罪の許しを神に乞い、贖罪を済ませてから迎える死のことを言います。中世の人々にとって、罪の告白をする暇を与えずに突然に襲ってくる死ほど恐ろしいものはなかったといいます。ですから、その意味でも、一六〇節から一七六節まで十七節にわたって語られるロランの死は「よき死」であり、それは「聖人の死」（フィリップ・アリエス『死を前にした人間』）でもあったのです。

神は天使ケルビムと、
難所の聖ミカエルを遣わしたまい、
聖ガブリエルともどもに来たりて、
伯の御霊を天国に運びいきぬ。
（第一七六節）

ロランは英雄としての死を迎えるだけではなく、聖人として天国に座を占めます。そしてそのことは、『ロランの歌』が十字軍の思想を背景として、キリスト教のモラルが全面に押し出された戦の物語であることを意味しています。

こうした正しい騎士としてのロランの姿は、後の時代に恋する騎士の姿が描かれるようになると、その下敷きとなります。つまり、正しい恋をする者は、恋する人に忠誠をつくし、ある物語のなかでは、よきキリスト教徒でなければならないと言われるようになります。

『聖アレクシス伝』と『ロランの歌』を通して、新しい恋愛観が導入される以前の北フランスの状況を見てきました。そこでは、女性に対して恋愛を捧げるという男性の視線はまだ感じられません。とりわけ男性の論理が支配している武勲詩においては、女性は戦いの手柄として与えられる褒美のようにしか扱われていません。こうした土壌を背景として、十二世紀になると北フランスでも「恋愛観の革命」が行われることになります。

第4章 尊敬と恋愛——アベラールとエロイーズの「恋愛書簡」

『聖アレクシス伝』や『ロランの歌』よりも少しあとの北フランスで、中世を代表する知識人アベラールと、パラクレトゥスの女子修道院長であるエロイーズの間で、身を焦がすような恋愛の表現を伴った手紙が交わされました。とりわけエロイーズの言葉は現代の読者を驚かせると同時に、感動的でさえあります。

彼らの恋愛は南フランスのトゥルバドゥールとは違い、男性が女性に愛を捧げるという形ではありませんが、恋愛を肉体ではなく精神の問題としてとらえるという意味では共通しています。ちなみに、二人はこの時代の知識人にふさわしくラテン語を使っています。そのため一般的には、フランス文学史という位置づけで彼らの書簡集が取り上げられることはありません。ですが、ここでは精神としての恋愛という視点を通して、全部で十二通ある書簡のうちから、「愛の書簡」と呼ばれる前半部分を検討していきます。

1 アベラールとエロイーズの軌跡

まず二人がどのように生きたのかを見ていきましょう。

弁証法の騎士

ピエール・アベラールは一〇七九年にブルターニュ地方の港町ナント近郊にあるパレーという町で、貴族の長男として生まれました。貴族の長男であれば騎士となり城主となって一家を治めていくのが一般的な時代にあって、彼は学問の世界で身を立てる決心をします。この時代に、ローマ時代の末期から衰えていたヨーロッパが十二世紀にはようやく再び力を取り戻し、それにともなって新しい学問が芽生え始めました。そうした無知の闇から知の光へと向かおうとする精神活動の活気が、アベラールを論争によって身を立てる「弁証法の騎士」になろうと決意させたのでしょう。

彼は各地を議論して歩いたあと、学問の中心地パリに出て、有名な学者に弟子入りします。当時の学校というのは、いまのように学校という組織に教師が所属するのではなく、教師のいるところに学

図4●アベラールとエロイーズ
Héloïse et Abélard : Chantilly, Musée Condé, ms 665, fol. 60 v°, *Le roman de la rose*, xive s.

生たちが自由に集まってきて勉強するという形をとっていました。ですから、有名な教師の所にはたくさんの学生が集まり、人気のない場合には一人二人しか学生がいないということもあったようです。アベラールは、当時パリで名声を博していたシャンポーのギヨームという学者の下で論理学を勉強することになります。

しかし学んでいるうちに彼は師を越えてしまったらしく、学生たちはみんなアベラールのもとに集まるようになってしまいます。そしていろいろな攻撃を受けながらも、結局ギヨームの位置を彼自身が占めるようになりました。

彼は論理学者でしたが、中世では神学がもっとも高い位置を占めていました。そこで今度は神学者になろうとして、ランのアンセルムという有名な神学者のところに弟子入りするのですが、また以前と同じことが起こります。つまり、神学においても彼は学生から教師になり、たくさんの学生を集めるようになります。

こうしてアベラールは栄光の絶頂に達します。論理学と神学という二つの分野で多くの聴講生を集め、富と栄誉を得たのです。

エロイーズとの結婚と破局

「しかし順境は愚者をつねに増長させる」。これはアベラール自身の言葉です。これまで学問に没頭してきた彼はもはやなにも恐れるものはないと思い上がり、「情欲の手綱を緩め」、一人の少女への愛に身を任せるのです。その女性こそエロイーズにほかなりません。それは一一一八年のことでした。二人の出会いは、アベラールが三九歳で、エロイーズの方は十七歳のときでした。

エロイーズの出生はあまり明らかではありませんが、一一〇一年に生まれ、ノートルダム寺院の聖堂参事会員をしていたフュルベールという人物の姪として育てられたようです。しかし彼の私生児だったという説もあります。

ところで十二世紀には文化的な水準も上がり、学問をする女性も徐々に数をましていました。エロイーズはそういった女性の代表のような存在で、彼女の知的な才能は全国的に知れわたっていたと、アベラール自身が書いています。この言葉は、フュルベールがエロイーズの教育に熱心だったことも示しています。

アベラールはそれを利用して、彼女の家庭教師としてフュルベールの家に住み込むように計画し、うまくことを運びました。そして二人は「教育という口実のもとに愛に没頭する」ようになります。ですから、アベラールがエロイーズの評判を聞きつけて彼女を恋人にしようと考え、エロイーズもその愛に応じたというのが、二人の関係の始まりのようです。アベラールは哲学の勉強や講義にかけた時間を愛する女性のためについやし、哲学の神秘ではなく、愛の秘密を題材にした詩しか書かなくなってしまいます。

しかしこういったことが人に知られないはずがありません。とうとうフュルベールの知るところとなり、アベラールは彼の家を去らなければならなくなりますが、その後もエロイーズと密会を続けたようです。

そうこうするうちにエロイーズは身ごもります。その知らせを大喜びでアベラールに報告し、どうすればいいか相談したようです。アベラールはフュルベールのすきを見て彼女を家から連れ出し、ブルターニュ地方に住む自分の妹のところに行かせました。そこで男の子が誕生します（ところでこの男の子に関して、その後はまったく言及されませんが、それは十七世紀以前にはいまと違って子どもを子どもとして特別に可愛がるという感情が存在していなかったからだと思われます）。

さてアベラールは、姪を奪い取られたフュルベールの嘆きの激しさに同情して和解を提案し、罪の償いとしてエロイーズと正式に結婚するという申し出をします。ただしアベラールの名誉のために、その結婚は秘密にするという条件つきでした。この提案は、フュルベールには満足がいくものだったらしく、彼はそれを受け入れます。いっぽうエロイーズ本人は、結婚は聖職者の義務に背くだけでなく、哲学者の権威を傷つけることになるという理由から、自分たちの結婚に強く反対します。しかし結局アベラールの意志に従い、パリに戻って結婚式をあげることになります。その後、結婚を秘密にしておくために別々に暮らし、時々人目を避けて会うという生活を送りました。

フュルベールはしかし約束を守ろうとはせず、二人が結婚したことを公にし、さらにはそのことを非難するエロイーズを虐待します。そこでアベラールは、エロイーズをおじのところから連れ出して、アルジャントゥイユの女子修道院に入れることにします。彼の意図は、エロイーズを修道女にするのではなく、そこに身柄を預けるということだったようです。というのも、その修道院は彼女が幼い日に教育を受けたところでしたし、また「聖衣は作るものの、ヴェールはかぶせなかった」からです。

しかしフュルベールは、アベラールがエロイーズを厄介払いするために彼女を修道女にしたのではないかと考えました。そして再び欺かれたと勘違いして怒りに燃え、とんでもない復讐を企てます。アベラールの眠っているところを襲い、「彼らの苦しみを引き起こした源である私の身体のある部分を切断」してしまったのです。

肉体的な苦痛よりも精神的な恥辱に苦しんだアベラールは、まずエロイーズに今度はヴェールをまとわせて正式に修道女にさせ、その後自分もサン・ドニの修道院に入り、修道士になります。こうして、世俗的な意味での二人の愛は終わりを告げることになりました。

パラクレトゥス

弁証法の騎士から愛の騎士へと変身したアベラールでしたが、エロイーズと離れて修道院に入ると、再び以前の弁論の騎士に戻ります。サン・ドニの修道院の生活の乱れを非難してすべての修道士の憎しみを買ったり、その修道院の創立者がそれまで伝えられてきたのとは違い、アレオパギータのディオニシウス（ドニ）でないことを証明してサン・ドニ修道院の名誉と誇りを傷つけてしまい、そこから逃亡せざるをえなくなってしまいます。

そしてなんとかトロワ地方の荒野に退き、ひっそりとした生活を始めようとします。しかし土地をたがやすといった「手の労働」をすることのできない彼は、貧しい生活のなかで再び「口の労働」、つまり教授活動を始めることになります。そこにはまた数多くの学生が集まり、アベラールは新しく礼拝堂を建て直します。そして、絶望した彼を恵み深い神が慰めてくれたという意味で、パラクレトゥス（慰める者）と名づけました。

しかしこの名前が彼をよく思わない人々にとっては格好の攻撃材料になりました。キリスト教では「父と子と聖霊によって」という言い方をします。父である神と子であるイエスそして聖霊が一つになって三位一体を形成しているという考えです。アベラールの迫害者たちは、礼拝堂をパラクレトゥスと名づけ、父と子を無視して、慰めのはたらきをもつ聖霊だけを崇拝するのは異端だと言って、彼を非難したのです。そのために彼は思いあまってイスラム教徒の国に逃げ去りたいと考えるほどだったようです。

そんなおりにたまたまブルターニュ地方のサン・ジルダという修道院が彼を院長に選びます。そこで一一二五年ごろのことですが、アベラールはパラクレトゥスを去って、ブルターニュ地方に赴きます。しかし、そこでもまた同じことの連続で、乱れた風紀を正そうとするアベラールに対して修道士たちが陰謀を企て、彼を毒殺しようとさえしたということです。後に彼は、パラクレトゥスを捨てたためにまったく慰めのない状態にいると書き記しています。

さて、彼がサン・ジルダの修道院で苦しい戦いを続けている一一二九年ごろ、エロイーズのほうにもたいへんな出来事が持ち上がります。アルジャントゥユの修道院から修道女たちがみんな追い払われ、ちりぢりになってしまったのです。その知らせを聞くとアベラールはいったんパラクレトゥスに戻り、エロイーズと彼女に従っている数人の修道女たちをそこに招きます。そして礼拝堂を提供し、彼女たちに安住の地を与えます。この贈与は、一一三一年にローマ教皇からも承認されたということです。

さて、アベラールがサン・ジルダ修道院にいるときのもう一つの重要な出来事は、彼が友人の不幸を慰めるために、自分の半生をつづった手紙を書いたということです。この手紙は「アベラールとエロイーズの書簡集」として収められている十二通の手紙の最初のもの（第一書簡）であり、「不幸の物語」と呼ばれています。その最後の部分では、修道院のなかでいまも命を狙われていて食事の間も落ち着いて息もつけないという嘆きの言葉が書かれ、まさに友人に手紙を書いているその時にアベラールが置かれている状態がありありと描かれています。

そして、それをたまたま読んだエロイーズがアベラールに手紙を送ったことから、二人の書簡の交換が始まったのです。その時アベラールはおよそ五三歳、エロイーズは三一歳になっていました。

アベラールは結局しばらくして修道院を去りますが、その後のことはよくわかっていません。パリのサント・ジュヌヴィエーヴの丘で再び教授活動をしていたらしいのですが、一一四〇年にはサンスの宗教会議で異端を宣告されます。そしてその取り消しを求めて一一四二年にローマ教皇のもとに向かう途中で病に襲われ、クリュニーの修道院の手厚い保護を受けるようになります。さらに院長ピエール師の配慮で静かな修道院に移り、そこでアベラールは波乱に富んだ一生を終わります。享年六三歳でした。

アベラールの死を知ったエロイーズは、クリュニーの修道院長ピエール師から彼の遺骨を引き取り、アベラールが生前に望んでいたようにパラクレトゥスに埋葬します。こうしてようやくアベラールも安住の地で「慰め」を見いだしたのです。

エロイーズはアベラールと同じ年齢まで生をまっとうし、愛する人の死の二一年後の一一六四年に、六三歳で亡くなります。彼女の最期の望みは、アベラールと同じ墓に埋葬されることでした。

人々がエロイーズをアベラールの傍らに横たえると、アベラールは腕を差し出してしっかりとエロイーズを抱きしめたと言われています。この伝説こそ、後世の人々が二人の書簡のなかに読み取った愛の姿にほかならないのではないでしょうか。十八世紀にジャン・ジャック・ルソーが、サン・プルーとジュリーという恋人たちの愛の書簡体小説を『新エロイーズ』と名づけることになるほど、アベラールとエロイーズの姿は後世の人々の心を打つことになります。

2 結婚について

さて、アベラールとエロイーズの生涯をたどってみたとき、私たちの目にもっとも不可解に映るのは結婚に関することがらです。なぜ二人は結婚をためらい、しかも結婚後はそれを秘密にしておこうとしたのでしょうか。とくにエロイーズが結婚を拒否する態度はすぐに理解できません。そこで、結婚の問題を中心にしながら、二人がなにを考えてそのような行動をしたのか考察していきます。

結婚と聖性

アベラールが結婚を決意してフュルベールに許しを願ったとき、彼はそれを公にしないようにという条件をつけました。また、彼の悲劇の原因となるのも、結婚を秘密にしておくという約束を破ったおじをエロイーズが非難したことから始まりました。なぜ彼らは結婚を避け、そして、やむをえず結婚したあとではその事実を隠しておこうとしたのでしょうか。

この時代には聖職者の妻帯は基本的には禁止の方向に向かっていたようですが、現実には独身を守らないこともあったようです。アベラールは論理学や神学を修めた学僧でした。また、彼がエロイーズの家に家庭教師として住むようになるのは、フュルベールと同じ司教座教会聖堂参事会員だったことが助けになったと言われています。したがって、彼は聖職者階級に属していたと思われますが、結婚が絶対に不可能というわけでもなかったようです。

しかし、禁欲生活を実践しうるならばそのほうが好ましいわけです。一般の人々も聖職にかかわる人間にはそのような像を期待していたことでしょう。したがって結婚がわかってしまうと、彼を慕って集まってきた数多くの学生たちを失望させてしまい、生活の糧を失うという可能性が高かったものと考えられます。そのためにアベラールは結婚を秘密にするようにフュルベールと約束を交わしたのです。またフュルベールもそれをよくわかっているので、アベラールから受けた恥の仕返しをするために、約束を破って結婚を公に広めます。これは、エロイーズにとっては尊敬する夫の信用を損なうことを意味していましたから、エロイーズは伯父に約束違反を激しく抗議します。

結婚の義務と自由な尊敬

エロイーズにとって結婚は、アベラールの世間的な信用を失わせるだけの問題ではありませんでした。それは二人の理想とする道、知を愛する者、つまり哲学者という姿から離れることでもありました。エロイーズは尊敬するアベラールが、彼らのいだいている真の哲学者のイメージから遠ざかってほしくなかったのです。愛する人はいつまでも尊敬の対象であることがエロイーズの望む恋愛でした。

「不幸の物語」のなかでアベラールは、結婚に反対するエロイーズの言葉を思い起こしています。

彼の筆が描き出すエロイーズは、結婚が哲学の研究の妨げになる例をあげながら、「昔の著名な哲学者たちは浮世を蔑視し、世間を捨て、いや世間から逃れ、一切の快楽を自分に拒み、ただ哲学の懐のなかに憩おうとする」と言います。そうすることによって、「信仰や徳行によって他にまさり、特別の節制と苦行とによって民衆から区別される人々」の仲間入りをすることができるのですし、もしそのようにしなければ「哲学者としての権威を守」ることができなくなるのです。つまり、哲学者とは禁欲によって聖なる存在に近づくべきであるという理想像をエロイーズは掲げているわけです。

結婚してしまえば、アベラールはこのような理想から遠ざかり、日常生活の義務に縛られることになります。そのようすをアベラールは、エロイーズの言葉として具体的に伝えています。

学生が居ると思えば侍女が居り、机があると思えば揺籃があり、本や黒板があると思えば紡ぎ竿があり、筆やペンがあると思えばつむがあるという状態になるが、一体これらの間に何のかかわりがあるだろうか。また神学や哲学上の瞑想に耽りながら、誰が子供の泣き声、これをなだめる乳母の歌声、僕婢たちのやかましい騒ぎなどに堪えられるだろうか。また誰が子供たちの絶え間なしの汚物に我慢できるだろうか。

（第一書簡）

日常生活の義務ということをつきつめていくと、結局は妻に対する義務ということになります。結婚した以上は、妻に対して夫としての役目をはたさなければならないわけですし、妻はそれを要求する権利を持っているということになります。この義務ということに関して、エロイーズは第二書簡のなかで、非常にはっきりとこう書いています。「しかしあなたは、私に対して大きな責任を負っていらっしゃることをご存じです。あなたは婚姻の秘跡によって私に結びついていらっしゃるのです」。

ここでエロイーズが望んでいることは、結婚しているのだからアベラールには責任があると明言しているのです。そのようなことのためにさえ、彼女にも時には手紙を書いて欲しいという慎ましいものであるということは、結婚がアベラールを縛ることになるというエロイーズ自身の怖れを証明しています。そのことを「不幸の物語」のなかでアベラールは、エロイーズが「妻と呼ばれるよりも愛人と呼ばれる方が彼女にとってどんなに望ましく、私にとってもどんなに立派であろうともつけ加えた」と書いています。また後になって、エロイーズ自身も第二書簡のなかでこう記しています。

妻という名称は、より神聖に、より健全に聞こえるかもしれませんが、私にとっては、常に愛人という名前の方がもっと甘美だったのです。いいえ、思い切って申し上げますが、私は妾あるいは娼婦という名でもよかったのです。私のつもりでは、あなたの御為に私を卑下すればするだけ一層あなたの愛を得ることができ、こうしてまたあなたの赫々たる御名声を損なうことが一層少なくなるだろうと思ったのです。(……)神に誓って申しますが、たとえ全世界に君臨するアウグストゥス皇帝が私を結婚の相手に足るとされ、私にたいして全宇宙を永久に支配させると確約されましても、彼の皇后と呼ばれるよりはあなたの娼婦と呼ばれるほうが私にはいとしく、また価値があるように思われます。

（第二書簡）

彼女は「結婚よりも愛を、桎梏よりも自由を」選ぼうとしたのです。そうすることで、少なくとも意識の上では、アベラールを哲学者としての理想像の位置に保とうとしました。

また彼女は自分を卑下することで、アベラールをますます高い所に位置づけようとします。ですから、妻であるよりも、愛人や妾、はては娼婦でもいいという言葉さえ出てくるのです。

ここにはエロイーズの非常に微妙な心理がのぞいているといってもいいのではないでしょうか。彼女のアベラールに対する感情は「尊敬」によって支えられていました。ですから、彼を高みから引き下ろすような結婚にはどうしても反対せざるをえませんでした。

また、自分を卑下することでアベラールの位置を高め、彼女の眼からも、また世俗的にも、彼を絶対的な尊敬の対象にしたいと望んだのではないでしょうか。アベラールはつねに誰の眼から見ても偉大な人々の一人であってほしいと願っているわけです。

しかもそうすることでほかならぬ彼女自身が報われるのです。偉大な哲学者からの愛が彼女を支え、高めてくれることになるからです。つまりエロイーズは、アベラールに対する尊敬にもとづく「恋愛」によって、自分自身を高めようとしたのです。第2章の恋愛規則で、理性にもとづく恋愛は人格を高めると定められますが、エロイーズの尊敬にもとづく恋愛もそれに対応していると考えることができます。

3 情欲と恋愛

第3章『聖アレクシス伝』や『ロランの歌』のなかでは、男女の関係に言及されるとしても男性側の視点しかありませんでした。それに対して、エロイーズの書簡には女性の側からの視点が示され、男性とは明らかに異なった感情が表現されています。ここではまずアベラールとエロイーズの恋愛観がかなり違っていることを確認し、そのずれを通してこの時代の恋愛についての意識を探ります。

欲望としての愛

「不幸の物語」のなかでアベラールは過去を回想し、エロイーズを愛し始めた理由を以下のように説明しています。

パリの町にエロイーズという乙女が居た。フュルベールと称する聖堂参事会員の姪である。フュルベールはこの姪を愛するにつけても、出来るだけ多くの学問を彼女に仕込むことに力を入れていた。彼女は容貌も悪くなく、学問の豊富にかけては最も優れていた。学問上の才能は女性にあっては稀であるだけに彼女は一層光って見え、全国中にその名を喧伝されていた。人をそそるあらゆる魅力をそなえているのを見て、私は、彼女を愛によって自分に結びつけようと思った。そしてそれがわけもなくできると信じた。当時私の名声は甚大であり、また私は若さと風姿において優れていたから、仮にどんな女性を愛そうともその拒絶にあう心配はなかったのである。

（第一書簡）

アベラールのこのような言葉は、当時の男性がどのように恋愛をとらえていたかをはっきりと示しています。アベラールは自分の名声があれば、どんな女性の愛も得ることができると確信しています。そのような恋愛観は現代から見るととんでもないうぬぼれのように感じられます。しかしそれは彼の個性や人格から発している言葉ではなく、彼らが生きている時代の感受性なのです。つまり男性にとって、愛は手柄や名声によって得られるものだと考えられていたわけです。

そして、その愛の対象となる女性の感情はまったく考慮に入っていません。愛とは男性にとっては肉体的な次元のものであり、女性の気持ちは問題にはされません。ですからアベラールが愛というときには単なる情欲に近い感情であり、あるいは精神的なものと肉体的なものが不可分の状態にあるといった方がいいかもしれません。もう一度彼自身の言葉に耳を傾けてみましょう。

我々はまず家を一つにし、次いで心を一つにしたのである。教育という口実のもとに我々は愛に没頭した。学問研究という名目が愛に必要な離れた部屋を与えてくれた。本は開かれてありながら学問に関することよりは愛に関する言葉が多く交わされ、説明よりは接吻が多くあった。私の手はしばしば本よりは彼女の胸に行った。我々の目は文字の上を辿るよりは一層多くお互いを見合った。嫌疑をさけるため、私は時に鞭を彼女に加えた。怒りの鞭でなしに愛の鞭、腹立ちの鞭でなしに情の鞭を。この鞭はありとあらゆる香料よりも甘かった。結局我々は、愛のすべての相を貪りつくした。愛の思い付きうるすべての数奇を味わい取った。これらの喜びが私たちにとって新しければ新しいほど我々は熱心にこれに立ち向かい、そしてそれは容易に飽和状態に達することがなかった。しかし私が情欲のとりこになるにつれて、哲学に身を入れること、学校に力をつくすことが少なくなった。

（第一書簡）

ここでアベラールは、愛という言葉と情欲という言葉をほとんど区別せずに用いています。つまり彼にとっての愛は肉体的な側面が大きな比重を占めていたのではないかと考えられます。これは第1章で言及した最初のトゥルバドゥール、ギヨーム九世のある種の詩でも確認されることで、この時代には男性の愛が性と不可分であったことを示しています。

精神的な恋愛

これに対して、エロイーズの感情はどのようなものなのでしょうか。もちろん彼女のなかにも、肉体的な喜びが存在していないことはありません。それどころか、それを十数年後も忘れずにいると、驚くような率直さでアベラール自身に書きつづっています。

ところで私たちが一緒に味わったあの愛の快楽は、私にとってても甘美であり、私はそれを悔いる気にはなれませんし、また記憶から消し去ることも出来ないのです。どちらの方へ振り向いても、それは常に私の目の前に押しかかり、私を欲望にそそります。眠っている時でも、その幻像は容赦なく私に迫ってまいります。他の時より一層純粋にお祈りをしなくてはならぬミサの盛儀に際してさえも、その歓楽の放縦な映像が哀れな私の魂をすっかりとりこにしてしまい、私はお祈りに専心するよりは恥ずべき思いに耽るのでございます。犯した罪を嘆かなくてはならない私ですのに、かえて失われたものへこがれているのでございます。

ただ単に、私たちが犯した事柄だけではなく、私たちがそれをした場所が、時刻が、あなたの面影と一緒に私の中に深くきざまれ、私はそのすべてをあなたと共にまた心の中で繰り返すのでございます。眠りの中でもその幻から解かれることは出来ません。私の胸にひそむ思いは、しばしば我にもあらぬ身体の動作となってあらわれ、また不意に言葉となって出てまいります。ああ、私は何と哀れな女でござ

いましょう。（第四書簡）

当時、エロイーズはパラクレトゥスの女子修道院長として人々から一身に尊敬を集めていました。その彼女が十年以上も前の肉体的な喜びをこうしてあからさまに語り、しかもいまでも時としてその思い出にとらえられることがあるという告白は、私たちを驚かせると同時に感動させます。このエロイーズの言葉は、彼女のなかでも肉体的な欲望と愛を切り離すことができないことを明確に示しています。その意味では、エロイーズとアベラールは対応しています。

しかし男性の側の愛がそこで終わっていたのに対して、エロイーズの気持ちには別の側面もあり、それがむしろ彼女にとっては本質的な事柄でした。彼女はあらゆることで彼の言葉に従い、すべてを捨てて修道院に入りさえしたことに言及しながら、以下のように続けます。

その上もっと大きなこと、言うも不思議なことがございます。私の愛は世の常ならぬものに変わったのです。愛がただ一つ希望したこと、そのことを私の愛は捨ててしまったのです。それを再び得る希望もなしに。私はあなたの御命令に応じて衣を変えると同時に心も変えたのです。これというのも、私は心身共にただあなただけのものであることを示そうとしたのでございます。私があなたに関していまだかつてあなた以外の何物をも求めなかったことは神様が知っていらっしゃいます。純粋にあなたのみを求め、あなたの物質的なものを求めはしなかったのです。
（第二書簡）

ここでエロイーズは大変に興味深い表現をしています。彼女の感情は「世の常ならぬもの」に変わったという部分ですが、これはなにを意味しているのでしょうか。彼女がそれだけを望みながら、修道の衣をまとうことで捨ててしまったもの、それは間接的な言い方をされていますが、これまで見てきたような肉体的な愛ということです。そしてそれは最期に触れられている「あなたの物質的なもの」という言葉にもつながります。つまり、修道院に入る以前には彼女の愛も肉体的な欲望と切り離せないものであったと思われます。

しかしアベラールの命令で修道院に入ると、そうした肉体的な関係はもはや望むことができなくなります。世俗での身分を捨てたとき、欲望も捨てたわけです。そしてそれに応じて彼女の愛も変化したと言います。ただ「あなただけ」を求める愛に変わったのです。つまりそれは物質的（肉体的）な側面を切り離して、純粋に精神的なものになったということです。そしてエロイーズは、その精神的な恋愛を「世の常ならぬもの」と言っているのです。

これこそまさに私たちが使っている意味での「恋愛」という言葉に対応する感情の表現ではないでしょうか。生身の人間が生身の人間を愛するときに、肉体を離れた恋愛が存在することを、エロイーズはこうしてはっきりと感じ、それをアベラールに宛てた手紙のなかで表現しているのです。彼女の恋愛観は十二世紀の前半にはまだ新しいものであり、そのことをエロイーズははっきりと知っていました。

欲望と一体化した愛とは違う、純粋に精神的な恋愛が自分のなかに生まれたことにエロイーズは自覚的でした。そのことをよりはっきりと示すのは、アベラールの愛について触れた以下の言葉です。

あなたを私に結んだのは友情ではなく色情であり、愛ではなく激しい情欲です。ですから、あなたの欲望が止んだ現在、その欲望の故にあなたのお示しになったあらゆる感情も、同時に消え去ってしまったのです。

（第二書簡）

エロイーズの目から見ると、アベラールの愛は欲望とともに消え去ってしまったのです。そして、もしそうだとすればそれは本当に愛だったのですかと、かつての恋人であり夫である人に問いかけているようでもあります。それに対して、アベラールは、なんと答えているでしょうか。

あなたを本当に愛したのは彼（イエス・キリスト）であって私ではない。我々二人を罪に巻き込んだ私の愛は情欲であって愛と呼ばれるべきではない。私はあなたにおいて私の憐れな満足を満たした、そしてこれが私の愛したすべてであった。

（第五書簡）

アベラールはエロイーズの言葉を素直に肯定してしまいます。彼の愛は結局情欲にすぎなかった、と。キリストの道を歩んでいるアベラールにとって、この手紙を書いている時には、愛とは世俗的なものではなく、キリスト教的な愛（アガペ）にほかなりません。ですから彼は以前の欲望に満たされた愛をこうしてあっさりと否定してしまうことができるのです。

いっぽう、エロイーズの恋愛は欲望とはまったく別のものというわけではありませんが、しかし肉体的な関係がなくても存在しているものだと付け加えています。その意味で、エロイーズは、トゥルバドゥールの詩のテーマの一つである「遥かなる恋」を体現していることになります。

私があなたと歓楽に耽っている間は、私があなたにお尽くしするのは愛のためか、それとも情欲のためか、世間の人々には疑問に思えました。しかし今や、事の結果は、私が初めからそれをどんな心でやってまいったかをはっきり示してくれています。私は結局あなたの御意志に従うために、すべての満足を捨てたのです。私に残っているのは、今はただ、全くあなたのものになり切りたいという希望だけでございます。

（第二書簡）

パラクレトゥスの女子修道院長であるエロイーズは、ここで世俗的な関係を望んでいるわけではありません。ですから「あなたのものになり切りたい」ということは、精神的にアベラールと結ばれていたいということにほかなりません。そして情欲の生活を送っていた時代から、彼女の恋愛はずっとそうした精神的なものだったと言っているのです。

ですからエロイーズは、自分の愛の種類をはっきりと自覚し、その新しささえも感じていたということが、これらの言葉を通して理解できるのではないかと思います。

4 意志の哲学

以上に引用したエロイーズの言葉のなかに、「あなたのご意志に従うため」という表現がありましたが、なんでもないように思われるこの言葉のなかに、実はたいへん大きな意味がひそんでいます。アベラールとエロイーズにとって、「意志」こそがすべてだったのです。エロイーズがアベラールから教えられた学問も意志にもとづいていたはずですし、さらに重要なことは、彼女の愛さえもが、意志を重視したアベラールの哲学の影響の下で生まれてきたのです。

アベラールの思想

「弁証法の騎士」と呼ばれたとおり、アベラールの生涯は戦いの連続でした。彼は言葉という武器を持った騎士だったのです。しかしなぜ一生涯を論争に費やし、つねに迫害の的になっていたのでしょうか。それは、彼が十二世紀の支配的な思想とは異なった考え方をしていたからにほかなりません。当時は一般的には、「まず信仰、次いで論証」という時代でした。つまり、神を信じることが絶対的な前提条件だったわけです。しかしアベラールにおいてはこの順番は逆転しており、神を認識して初めて信じることができるようになるのです。彼はいままで信じられてきたことを、自分で考え直し、証明しなおそうとしました。信じることから始めるのではなく、自分の力で考え証明しえたことを重視し、理性と信仰を調和させようとしたのです。そのために、これまでの秩序を維持しようとする人々とは対立せざるをえませんでした。

たとえば彼は『自分自身を知れ』という著書のなかで、罪に関してそれまでとはまったく違う判断を下します。これまでの考え方では、ある人が罪を犯した場合、罪自体が問題とされ、罪を犯した人の意図は問われませんでした。ですから、中世の教会では、罪のリストが作成され、罪の免除のために支払うべき金額の一覧表が作られていました。「改悛においてなによりも問題とされるのは犯した罪であり、それに科せられるべき懲罰である」（ジャック・ル・ゴフ『中世の知識人』）。それに対してアベラールは、罪を犯した人の意図が重視されるべきだという考えを示しました。現実の行為ではなく、それをした人の心のなかが問題にされるのです。

彼はその考え方を極端にまで推し進め、行為と意図を完全に分けてしまいます。ある行為がいいか悪いかは、実際にどのような行為が行われたかではなく、それがどのような意図で行われたかにかかってきます。人はいい意図を持っていながら、悪い行いをすることもありますし、逆に悪い意図を持っていながら、結果的にはいいことをすることもあります。アベラールに従えば、いい意図を持っていればどんな結果になろうとも罪を犯したことにはなりませんし、逆の場合にはどんなにすばらしい結果が生まれようと、罪を犯したことになるのです。

彼においては、現実に行われた行為よりも、一人一人の人間の心のなかが重要なのです。その意味で、彼の思想は、意志の哲学といってもいいでしょう。

エロイーズによる応用

アベラールから教育を受けたエロイーズは、師の意志の哲学を、自分の問題、つまり恋愛に応用します。そのエロイーズの態度は、アベラール以上にアベラール的といえます。そして、そこから彼女の恋愛の概念も出てきます。

アベラールへの手紙のなかで、彼女は十年以上も前に犯した罪について何度もふれ、それは誤った行為であったかもしれないけれど、しかし罪はないと繰り返します。

私にも大変罪はございます。しかし一面から考えれば、私にはほとんど罪がないとも言えます。これはあなたもお認めになって下さるでしょう。何故かと申しますと、一般に、罪は行為そのものの中にではなく、行為者の志向（意図）の中にあるのですから。公平な判断者は、何がなされたかでなく、どんな気持ちでそれがなされたかを考えます。

（第二書簡）

この言葉はまさにアベラールの意志の哲学を、自分たちの過去の行為に応用したものです。彼らは確かに罪になるようなことはしたけれど、しかし悪い意図は持っていなかった。したがって、罪を犯したわけではない。エロイーズはこう主張し、アベラールに対する愛を正当なものと見なそうとしています。

また、アベラールの肉体に加えられた一撃を思い起こしながら、女である彼女が彼を破滅させた原因であると考えます。そして、「女は昔から偉大な人々を破滅させてまいりました」と言い、彼女自身が悪魔の手先となってしまったことを悔いているように見えます。

でも悪魔が、私の愛情をその悪だくみを果たす手段に使いはしたものの、私の心を、前に挙げた女たちのように、こうした罪にたいして同意させ得なかったことだけは神に感謝いたします。

（第四書簡）

ここでもやはり問題は行為それ自体ではなく、心のなかの意図です。確かに彼女は悪魔の手先のように、アベラールの肉体を破滅させるきっかけを作ってしまいましたが、それは心ならずものことであって、決して同意したわけではなかったのです。ですから彼女には罪はないのです。

こうしてエロイーズはアベラールに対して、彼の哲学を応用して、自分の罪の問題を解決しようとします。そして、過去において罪を犯したわけではないのだから、いまの私ももっといたわってくださいと、アベラールを説得しようとします。そして第二書簡では、もっと頻繁に手紙を書いてくれることを、第四書簡では、彼女自身は人から思われているほど強くないことを理解し、もっと彼女のことを心配してほしいということを、切々と訴えています。

ですから、エロイーズの手紙は、結局は、アベラールに、以前と同じように自分を愛して欲しいと哀願しているラブレターだということができます。彼女の心のなかでは、以前と同じようにアベラールを想う気持ちがくすぶり続け、それが彼の手紙を読んだことで一気に再燃したのではないでしょうか。

さらに言えば、罪に関して意志の哲学の応用問題を解いているうちに、さきほど見てきた精神的な恋愛の発生が自覚されたのではないでしょうか。つまり、彼女は自分の過去の出来事に対して、起こってしまったことと、彼女の意志とをはっきりと区別して考えています。罪になるような行為はあったかもしれないが、しかし心は常に潔白であったのです。そして、それが心と肉体の分離につながっていくのです。「人は肉に汚れないことを徳に数えますが、しかし徳とは心の問題であって、肉体の問題ではございません」（第四書簡）と彼女は言います。

これが愛に応用されると、肉体的な愛と精神的な恋愛が区別されるようになります。エロイーズは、肉体的に離れている現在を思いながら、アベラールに精神的な恋愛を求めているのです。上の言葉にならって言えば、「愛とは心の問題であって、肉体の問題ではありません」ということになります。

このようにして、アベラールの意志の哲学が、エロイーズという女性を通して、心の問題としての恋愛、肉体とは分離された精神的な恋愛を生みだしたといえます。

5　人間的な愛から神への愛へ

このように二人の愛の軌跡を追ってくると、エロイーズが肉体的な愛から、当時はまだ知られていなかった精神的な「恋愛」に移行しえたのに対して、アベラールの愛はいつまでも肉体的な次元にとどまっていたように思われます。そして私たち読者は、エロイーズの燃えるような愛の手紙に対する、なんとも冷淡とも感じられる彼の返事の調子に、がっかりさせられるかもしれません。彼は第五書簡のなかで、エロイーズにそのような感情を捨て去るように命令します。

私はあなたの心の苦い感情が、神の御慈悲のかくも明らかな御計画を思うことによって、もうすでに消え去ったこととばかり信じていた。あなたの身と心をさいなむこうした感情は、あなたにとって危険であればあるだけ、私にとっても不幸であり、苦痛である。あなたはすべてについて私の気に入るように努めていると言っているのであるから、少なくとも私を苦しめないために、いや、私に大いに気に入られるために、どうかそうした感情を捨て去ってもらいたい。そうした感情を持っていては、あなたは私の気に入ることは出来ないし、また私と一緒に真の福祉に到達することも出来ない。

（第五書簡）

もし好かれたいのなら愛を捨てろというこの言葉は、大変に冷たく感じられ、現代の読者であれば、あるいは男のエゴイズムとでもいうものを読み取るかもしれません。

しかしそれはあまりにも歴史を無視した考え方です。彼らはなんといってもキリスト教の信仰の下に生きていたのです。ですから、エロイーズの恋愛がどんなに精神的なものになり悪魔の手から離れたとしても、しかし十二世紀人である二人の本当の救いは、キリスト教の愛のうちにあるとお互いに理解していたはずです。

エチエンヌ・ジルソンという学者は二人の関係について、こう書いています。「エロイーズが人間的な愛の完成において彼に先んじたように、今度は彼は神への愛の道においてエロイーズの先駆けになろうとしていた」(『アベラールとエロイーズ』)。

肉体的欲望を愛と見なす時代に制約されたアベラールよりも、恋愛を精神の問題としてとらえることでより純粋なものとしたエロイーズは、人間的な愛の完成という意味では、一歩前を歩いていたということができるでしょう。しかし、これからはアベラールが宗教的な完成に向けて、彼女を導いていくのです。そしてエロイーズは苦しい心を抱えながら、アベラールを慕って彼のあとに従います。彼女の恋愛にとって大切なのはあくまでも尊敬です。自分よりも優れた相手を恋愛の相手として選んだ彼女にとって、従うことは尊敬の最大の表現なのです。

最後に、人間的な苦悩にさいなまれながら、修道の道を歩もうとするエロイーズの告白に耳を傾けましょう。


私は何事につけてもあなたから不従順のそしりをお受けしたくはありません。それで私は、私の限りない苦しみの表現にたいしても、あなたの御命令通り手綱を置き、口で話す時は言わないでいるのがむずかしい、いいえ、とても出来ないことがらも、せめて書く時には抑えようと思います。ほんとに、心ほど私どもの思い通りにならぬものはございません。私どもは心に命令することができますよりは、逆に服従することを強いられます。ですから、心の情熱が私どもを刺激しますと、何びともその不意の衝動をしりぞけることが出来ません。そしてそれは容易に行ないとなって現われ、また一層容易に言葉となってほとばしります。言葉こそは心の激情のすばやい記号です。これは聖書にも「それ心に満つるよりは口は物言うなり」（ルカ伝六の五）と書かれてる通りでございます。ですから、私は、私の舌には禁ずることの出来ない言葉を、私の手には書かないように命じましょう。ああ、私の苦しむ心も、書く手と同様に、私の言いつけを聴いてくれますならば。

（第六書簡）

神を信じ、修道生活を送るエロイーズという女性は、神、欲望、恋愛といったさまざまな価値観の葛藤するなかで、なんと美しく人を愛したことでしょう。彼女は、愛する人への尊敬にもとづき、精神的な恋愛をまっとうした最初の女性だったといえるのではないでしょうか。

第III部

さまざまな「恋愛」の花

第5章　北フランスの宮廷文化の開花

ヨーロッパでは十二世紀に文化的な水準が高まり、ハスキンズはそれを「十二世紀ルネサンス」と名づけ、『中世の秋』で有名な歴史学者ホイジンガなどもこの時代を後の時代のイタリアから始まるルネサンスにも勝る「新しい誕生」の時代であるとみなしています。第I部で見たように、新しい恋愛の概念もこうした文化の高まりのなかで誕生してきましたが、おもしろいことに多少の地域差がありました。パリのある北フランスよりも、南フランス（ラングドック地方）の方が文化的に進んでおり、トゥルバドゥールによって歌われる洗練された新しい恋愛の概念が誕生したのも南フランスでした。その後、「精美の愛」も北フランスに導入され、色々な形で物語られることになります。この章では、社会的・文化的な側面にふれながら宮廷文化が花開いていくようすを見ていきます。

1 新しい恋愛が誕生する場

文明開化

なぜ十二世紀にフランスやイギリスなど西ヨーロッパの文化的な水準が高まったのでしょうか。まずシャルルマーニュの王国の分裂から三〇〇年をへて、ようやく封建制度が確立し、国家として安定してきたことがあります。社会秩序の安定は農業や商業を発展させます。すでに九〇〇年ごろから農業的な改良が行われ、農地の効果的な使用法や農具の改善によって穀物の収穫が飛躍的に発展しました。また、人口のすべてが農業に従事する必要がなくなると商人や職人の数も増え、商業活動や手工業も盛んになります。そして彼らは農村とは別の機能を持つ都市を作るようになります。町の周りに城壁をめぐらし、自分たちの暮らしをそのなかで営むようになったのです。このようにして都市の文化が成立するようになりました。

いまでもヨーロッパの町を旅行すると気づくことですが、町の中心には教会と市庁舎があり、その間の広場には市場がたちます。キリスト教の文化圏ではなんといっても教会の占める役割は大変に大きなものがあります。十二世紀の文化の発展においても、教会（司教座聖堂）に属する聖職者達が神学だけではなく、医学や法学、哲学などを研究し、教育をするようになります。これが大学の始まりであり、純粋に学問をする知識人も誕生します。その一人がアベラールでした。

こうした内在的な要因の他にアラビア文化の影響も考えられます。伊東俊太郎は次のように主張しています。「十二世紀ルネサンスを真にもたらしたものは、こうした（十字軍の）宗教的な熱狂の結果ではなく、目覚めた知的精神の営為でした。それははじめて西ヨーロッパの狭い枠を出て、アラビアやビザンティンの優れた学術に強烈に関心を示し、それを吸収することなくしてはヨーロッパの発展はあり得ないと考え、自らトレードやシチリアやコンスタンチノープルにおもむき、そこの進んだ学術文献を孜々《しし》として翻訳・研究することに生涯を捧げた数少ない知識人たちの努力に負っています」（『十二世紀ルネサンス　西洋世界へのアラビア文明の影響』）。実際、古代ギリシアの優れた学問はローマよりもビザンティンに流れ込み、十二世紀になってやっと再発見されたと考えられています。アラビア語からラテン語に翻訳し、同時にギリシア語からも翻訳することで、ギリシアの第一級の科学や哲学が受容され、文化的な発展が起こりました。

当時の知識人たちはそうした文化の高まりを実感していました。たとえばブロワのペロルスは、古代人から学ぶことで知識を得ることの大切さを熱っぽく書き記しています。「絶えず熱意を込めて古代人の著作を味読しない限り、無知の闇から知の光へと向かうことはできない」。シャルトルのベルナルドゥスの言葉も有名です。「われわれ（現代人）は小人であるが、（古代人という）巨人の肩の上にとまっているために、巨人よりもより多く遠くまで見ることができる。それは、われわれの目が彼らよりも鋭く、背丈が彼らよりも高いからではない。巨人（である古代人たち）が、われわれを、彼らの高さにまで持ち上げてくれているのである」。

これは明らかに自分たちの時代の文化が古代に匹敵するほど高まりつつあるという実感を表現した言葉だと思います。十二世紀という新しい時代は、古代人を模倣し、彼らから精神的な糧を得て進歩していると感じていたのです（ジャック・ル・ゴフ『中世の知識人』）。

こうしたなかで、宮廷文化が発達し、新しい恋愛の概念が芽生えてきたのです。

遍歴する若い騎士

さて、新しい恋愛概念が生まれる背景である宮廷のようすをもう少し詳しく見ていきます。

十一世紀の後半から社会のあり方が少しずつ変わり始め、封建時代の第二期と呼ばれる時代になると、君主から家臣に与えられる封土の世襲化と、長子相続制がはっきりした形を取るようになります。権力が一家の長である長男に集中し、それ以外の子どもには相続権がなくなりました。ですから、貴族の子どものなかで父親の跡をついで城主となることができる長男はいいのですが、それ以外の男の子どもたちは自分の力で生きる道を切り開いていかなければならないのです。

では彼らにはどのような道があったのでしょうか。彼らには実際には二つの道が残されていました。

その一つは僧侶になることです。この場合には生活は一応保証されることになります。もう一つの道は騎士になることです。その場合、騎馬試合などで賞金を手に入れながら遍歴の旅を続け、戦で手柄を立てて封土を獲得するとか、あるいはうまい具合に城主の未亡人や土地つきの娘に巡り合い、結婚する機会を待つしかないことになります。次男以下の息子たちも、聖職についた兄弟と同じように、妻をもつ機会を奪われ、大部分の場合には独身生活を強いられていました。ですから、騎士という名前だけで考えますと、いかにもさっそうとして立派に聞こえますが、じつは多くの騎士が日本で言えば素浪人のように放浪の旅を続け、賞金稼ぎをしながらなんとか生活していたという感じだったのではないかと思われます。

そこで、遍歴を続けざるをえない騎士たちは、土地を所有し、より恵まれた境遇にある君主たちに、ある種の敵意をいだいていたのではないかと考えられます。そのことに関してジョルジュ・デュビーはこう言っています。「十一世紀のヨーロッパの貴族社会では、（……）最大の敵対関係があるとすれば、それは年長者に対する若い男性の敵対ではないだろうか。若者たちの選ぶ行動基準は、この争いをつねとする状況からでてきたのではないか」（『中世の結婚』）。

ここで言われている年長者と若い男性というのは、年齢のことを指しているのではありません。年長者というのは「老年」senior ですが、その言葉から「君主」seigneur が来ています。つまり年長者とは、城を所有し結婚の機会に恵まれた君主のことなのです。ですから、敵対関係の一方は君主階級ということになります。

すると、もう一方の身分もおのずから明らかになります。つまり、若者とは実際に年が若いというよりも、封建制度のなかで、君主の下に置かれる「臣下の身分」のことを指すのです。そして、トゥルバドゥールの詩で歌われる「若さ」というのも、実は、君主に従属した臣下の騎士たちの特性と考えることができます。若さが歌われているということは、ですから、相続から排除されたために身を落ち着ける場所を見いだせず、城から城へと遍歴を重ねざるをえない騎士たちを対象にしているということを表しているのです。

以上のことを、ピエール・ギローは言語的な観点から以下のようにまとめています。「「青春」はここではまさしく「老年」に対置され、juventus は senioritas に対置されている。しかし、senior（語源的には「もっとも年老いた人」）は seigneur「君主」、senioritas は seigneurie「君主権（領）」であるから、ともに年齢と結びつけられなくなった社会的地位を指し、語源はどうあれ、「君主」は青年であり、臣下が老人であることもありうる。そのような体系においては、joven は「君主権」の相補的形態、つまり「臣下の身分」である」（『言語と性』）。

城主、奥方、騎士

君主と臣下のこのような対立の存在を頭に入れて、もう少し詳しく城主と奥方と騎士の関係を見ていきます。
ふつう、男子は父の住む家を離れ、他の家で修業期間を過ごしました。相続の時期が来るまでは長男といえども家を離れ、遍歴をしながら武勇を磨き、優れた騎士として認められるようになることが理想だったのです。ですから、若者たちは騎士として騎馬試合に参加しながら各地を遍歴していました。

この若者たちが戦士階級の中核として城主に迎え入れられていたのです。つまり、城を所有する君主たちは近隣の敵と戦うためにこうした遍歴の騎士たちを城に迎え、自分の戦力として雇い入れていたのです。城にはこうした若者たちが数多く迎えられていました。

また、遍歴の騎士だけではなく、一門の若者も城に住んでいました。というのも、男子はある年齢に達すると家を離れたわけですが、まずは母親の兄弟の家に入ることが多かったと考えられているからです。それは一般には、母方の家系のほうが父方の家系よりも格の高いことが多かったことによります。君主は自分の姉妹の息子たちを養っていることがよくありました。

ですから一家の長である城主は、彼らにとっては育ての父親のようなものでした。いっぽう、城主の奥方はそういった若い騎士たちに囲まれ、一種の宮廷を営んでいました。奥方は女主人としてその宮廷に君臨していたのです。

トゥルバドゥールの詩の歌われる場はこうした宮廷でした。ですから、その詩の聴衆は城主の奥方と彼女を取り囲む「若い」騎士たちなのです。そこで、詩人たちは城主の奥方を貴婦人として崇め、むくわれぬ愛を歌った詩を生み出したのでした。

2 女性へのまなざしの変貌

以上で見てきたような宮廷という舞台を背景として、新しい恋愛の概念がまずは南フランスで形作られるのですが、十二世紀の半ばには北フランスにもたらされるようになります。それにはアリエノール・ダキテーヌの結婚というはっきりとした契機がありました。

アリエノール・ダキテーヌの結婚

アリエノール・ダキテーヌ（一一二二―一二〇四年）は、最初のトゥルバドゥールと言われるアキテーヌ公ポワチエ伯ギヨーム九世の孫にあたります。彼女は一一三七年にフランス国王ルイ七世（一一一九―一一八〇年）と結婚し、十五年後の一一五二年に彼と離婚、その後すぐにノルマンディー公アンジュー伯アンリ（一一三三―一一八九年）と結婚します。このアンリが二年後の一一五四年にヘンリ二世としてイングランドの王位につきプランタジネット王朝を開きます。そこで、今度はイギリ

図5●アリエノールとルイ７世
Alienor et Louis VII demandent un fils : BN fr. 2813, fol. 223, *Les grandes chroniques de France*, xiv^{e} s.

スの女王となり、結局は二つの国の女王になりました。

彼女の二度の結婚は政治的にも重要な事件でした。広大なアキテーヌ地方を嫁資としてもつアリエノールとの結婚によって、いったんはフランスのカペー王朝のものになったアキテーヌ地方が離婚によってフランスの手から離れ、今度はノルマンディー公のものとなり、ひいてはイギリスの手に落ちることになったのです。

しかし彼女の結婚は政治だけではなく、文学の世界でも決定的な意味をもっていました。彼女の住む南フランス（ラングドック）地方はトゥルバドゥールの詩に代表されるように、北フランスの厳格な文化とはまったく違った様相を示し、より洗練されたものでした。その南フランスの中心であるポワティエの宮廷がアリエノールとともにカペー王朝のあるイル＝ド＝フランスに移り、トゥルバドゥールの叙情詩の精神をそこに移入したのです。そしてそれと同じことが二度目の結婚によっても起こります。彼女はイングランドに渡り、プランタジネット王朝にも南フランスの洗練された文化をもたらしました。このようにしてアリエノール・ダキテーヌの二度にわたる結婚という事件を通して、トゥルバドゥールの精神が北フランスとイングランドに新しい文化を生みだす萌芽となりました。

アリエノール・ダキテーヌの結婚とともに移入された南フランスの洗練された文化は、一一五〇年代にラテン語で書かれた歴史書や、古代ローマ時代の物語をフランス語で新たに語り直した「古代物語」のなかでまず最初の文学的な表現を与えられました。トゥルバドゥールによって生み出された恋

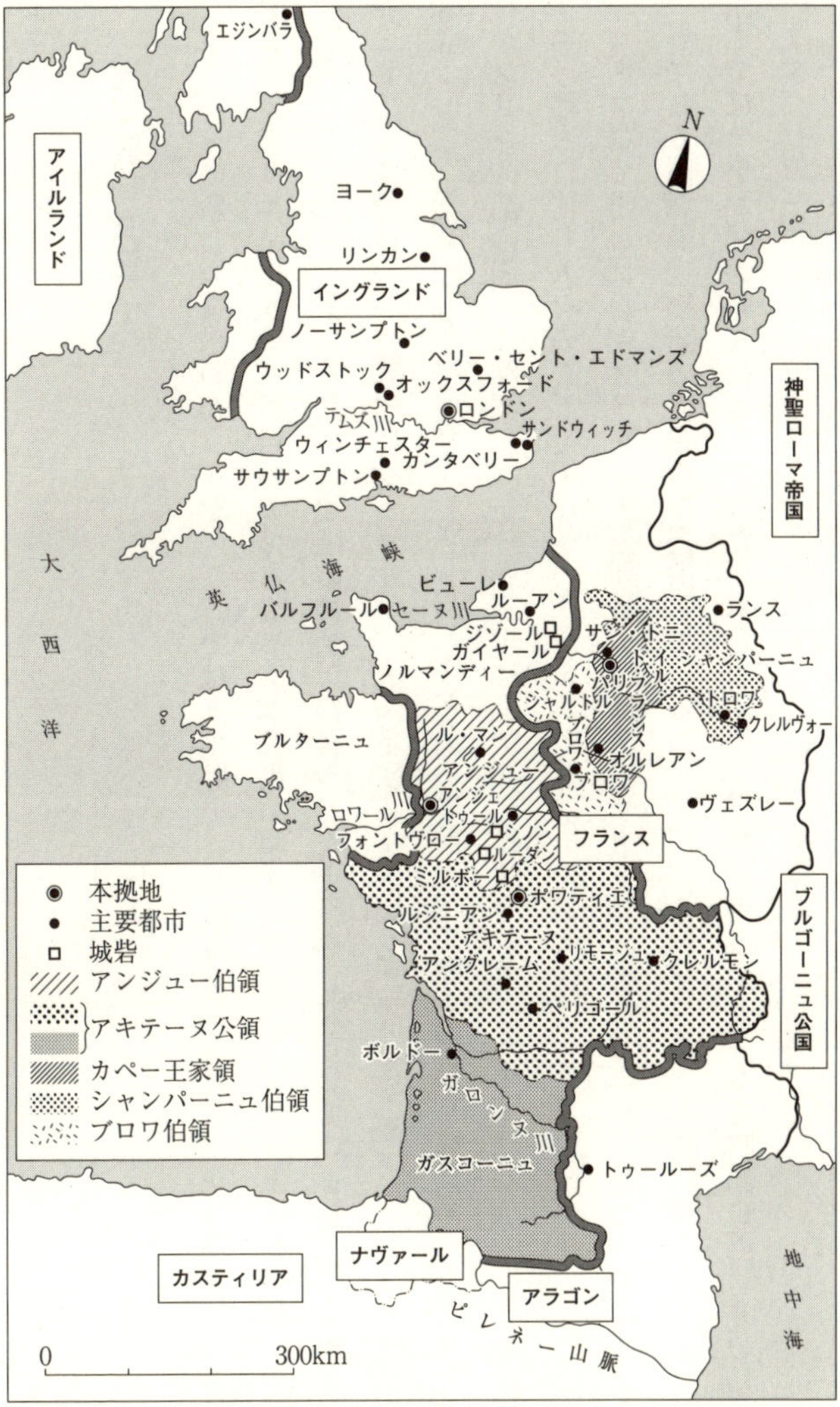

図6●12世紀のフランスとイングランド　アリエノールの２度目の夫ヘンリ２世時代のアンジュー家最大領土を示す（石井美樹子『王妃エレアノール』朝日選書、1994年より）

愛観もそうした物語のなかで発展し、宮廷風恋愛と呼ばれる十二世紀的な恋愛観として確立していきます。

雅で賢い女性

さて、その新しい文化のようすを、ここではまず歴史書であるワース著『ブリュ物語』から見ていきます。アリエノールの二番目の夫であるヘンリ二世の属するプランタジネット王朝では、自分たちの家系の正当性を主張するために建国の神話を物語った歴史書を必要としていました。ラテン語の史書としてはすでに一一三五年にジョフレー・ド・モンムート（ジェフリー・オブ・モンマス）によって『ブリタニア王列伝』が書かれていました。ヘンリ二世によって歴史編纂官に任命されたワースはそれをフランス語の韻文に翻案し、一一五五年に『ブリュ物語』を書きます。ブリュというのはブルターニュ地方に住む人々のことです。

ラテン語で書かれた『ブリタニア王列伝』にはアーサー王の伝説が含まれ、後にさかんに語られることになる円卓騎士物語の枠組みを提供しているのですが、それをフランス語に翻案した『ブリュ物語』ではラテン語の原文にはなかった要素をつけ加え、歴史書というよりも物語に近いものになっています。

恋愛との関係でもっとも注目したいのは、新しい女性観が示されていることです。トゥルバドゥールの詩において見てきたのと同じように、女性はたんなる肉体的な存在から美徳を備えた貴婦人として描かれます。たとえば、アーサー王の父親となるウーサー・ペンドラゴンがコーンウォール公夫人イグレーヌを見初める場面は、ラテン語の歴史書とフランス語の物語ではたいへんに違っています。

その女性の美しさは全ブリタニアの女性にまさるものであった。
（『ブリタニア王列伝』）

彼の横に妻のイグレーヌが坐った。
全王国中この女性よりも美しい女性はいなかった。
みやびやかで、美しく、賢く、
そして高貴な生まれであった。
（『ブリュ物語』）

フランス語の物語である『ブリュ物語』では、女性は肉体的な美しさに加えて、「雅」「賢さ」などといった精神的な価値が書き加えられています。これこそが女性に対する新しい感性の表現なのです。

そこに描かれている女性の姿は南フランスのトゥルバドゥールの詩のなかの女性像と対応しています。このような女性に対する新しい感受性の表現は、アリエノールの結婚によってプランタジネット家の宮廷に持ち込まれたのだと考えられています。

恋愛の定式化へ

本章の冒頭でみたような古代の復活は科学や哲学だけではなく、当然文芸にもおよびます。十二世紀の中葉には古代ローマ時代の物語をフランス語に翻案した物語がたいへんに流行しました。それらの物語のなかでも新しい恋愛の様相が描かれています。そうした古代物はただ原文から忠実に翻訳されるというのではなく、その時代の好みに合わせてさまざまな要素がつけ加えられ、かなり自由に翻訳されました。ですから、翻訳というよりも翻案といったほうが適切かもしれません

ここでは「古代物語」として、ウェルギリウス『アエネイス』を翻案した『エネアス物語』を検討しましょう。この作品のなかでは、原作ではそれほど重視されていなかったり、あるいは原作に存在していなかった恋の場面の描写に、多くの言葉が費やされています。恋愛とはなにかと尋ねるラウィニアに彼女の母親はこう答えます。

恋は高熱よりももっとひどく、汗をかいても治らない。
恋のため、しばしば汗をかき、
また、体が冷え、震え、おののき、
また、ため息がで、あくびがで、

また、飲みたくも食べたくもなくなり、
また、はねまわり、身ぶるいし、顔色が変わり、蒼くなり、
うめいたり、嘆いたり、青ざめたり、ぼんやりしたり、
また、すすり泣いたり、眠れなかったり、涙を流したりする。
これが、恋する人、恋しつづける人に、しばしば起こること。
（翻訳は、イザベル・フェッサール他、小佐信二訳『愛と歌の中世』より）

恋愛がたんなる肉体的な欲望を越えて精神的な渇望となるようすがこの引用箇所のようにはっきりと定式化して描かれるようになります。「物語の後半、原典のわずか数行を一四〇〇行に拡大したラティウムの女王ラウィニアの恋の描写においては、翻案者はきわめて分析的に、感情の混乱、恋の自覚、煩悶、手紙の交換、逢引きと続く恋の手順を列挙し、それはこれ以降、恋の描写の定式としてさまざまの物語類に受け継がれてゆく」（月村辰雄『十二の恋の物語』の解説）。

このように、『エネアス物語』に、北フランスのさまざまな物語のなかで開花する恋愛の様式を確認することができます。

南フランスで開発された新しい恋愛観は、アリエノール・ダキテーヌの結婚を通してパリ、さらに

はロンドンにまで移入され、その後徐々に一般的なものになっていきました。そして「雅」を重んじるこの恋愛観は、アリエノールとルイ七世の娘マリー・ド・シャンパーニュのもとで「宮廷風恋愛」という形ではっきりと定式化されることになります。

第6章 ……… 結婚恋愛の成立に向けて——マリー・ド・フランスのレー（短詩）

マリー・ド・フランスはプランタジネット王朝のヘンリ二世とアリエノール・ダキテーヌの宮廷で活躍したフランス文学史最初の女性作家です。彼女の作品は「レー」と呼ばれる物語短詩で、ブルターニュ地方に古くから伝わる物語を古フランス語の韻文にまとめたものです。しかも彼女は古くから伝わる素材に恋愛という味つけをほどこしました。ここでは、まず「ギジュマール」という短詩を紹介しながら、伝承と恋愛について考察します。その後、それまでは不倫関係でしか発生しなかった恋愛がマリー・ド・フランスの物語のなかで初めて結婚と結びつけられる過程を検討します。

1　古い物語と新しい恋愛

あらすじ

まず「ギジュマール」のあらすじをたどっていきましょう。

恋人に出会うまでの冒険

主人公のギジュマールは色々な国々を遍歴して武勇の修業に努め、誰にも劣らない立派な騎士となって生まれ故郷に戻ってくる。

そんなある日、森のなかで白い雌鹿を目にし弓を射る。矢は鹿を倒すのだが、しかし鹿の額から跳ね返ってギジュマール自身の腿も傷つける。その時、傷ついた雌鹿が人間の言葉を話し出し、ギジュマールの傷はどんな薬でも治すことはできないと言う。そして治療できるのは一人の女性だけだが、しかし二人はこれまでどんな恋人も味わったことがないほどの苦しみを味わうことになるだろうと予言する。

それを聞いたギジュマールは予言に恐れをいだきつつ、傷を治してくれる女性にめぐりあうために森を横切り、ある港にたどりつく。港には見たこともないほど豪華な船が泊まっている。そこで船のなかに乗り込んでいくと、誰もいないのにもかかわらずひとりでに動き出す。ギジュマールは船を港に戻すことができず、あきらめて寝台に横になり寝入ってしまうが、船はそのまま進みある古い町の岸辺に到着する。

恋愛の三角関係

たいへんに嫉妬深い年老いた夫の監視を受けているある奥方が侍女と散歩に出かけ、たまたま漂着した船を見つけ、そのなかに横たわって眠っている美しい騎士を発見する。目を覚ましたギジュマールは、若く美しい奥方と密かに愛し合うようになる。

一年半ほど過ぎたある夏の日のこと、奥方は自分たちの関係が発見されるかもしれないという胸騒ぎを感じ、ギジュマールの上衣に結び目を作る。今後二人がもしも離れ離れになったとき、その結び目を解くことができる女性がいれば再び恋におちてもいいというのである。またギジュマールも奥方の体に帯を巻きつけ、止め金を力づくで壊さずに帯をほどく男とでなければ恋をしないという誓いを結ぶ。まさにその日二人の仲は露見し、ギジュマールは奥方の夫に捕らえられ、やってきたのと同じ船に乗せられて流されてしまう。

結婚へ

船は以前の港に戻り、ギジュマールも自分の生まれ故郷の町に戻るが、愛する女性を思い出しては悲しみに沈んだままで過ごす。いっぽう、取り残された奥方も塔のなかに監禁され、自分の不幸を嘆いて二年以上の歳月を送る。そんなある日、扉に鍵がかかっていず、監視の者も誰もいないので塔から外に出ることができ、港までくると例の船が泊まっている。船は奥方をブルターニュ地方の港に運ぶ。

その町の領主であるメリアデュックが美しい奥方を見つけ、自分の城に連れて帰り恋を求めるが、奥方の帯を解くことはできない。かなりの歳月が流れたあと、騎乗の模擬試合が開かれ、町にギジュマールがやってくる。そして奥方と再会し、自分の上衣の結び目を解いてもらい、また奥方の帯を解くことができる。こうして愛する二人は再会をはたすことになる。

しかしメリアデュックが奥方をギジュマールにゆずることに同意しないため、ギジュマールはメリアデュックの城を攻め落とし、恋人を奪い返す。

こうして白い鹿に予言された二人の恋人の苦しみは終わることになる。

以上のようにあらすじを追ってみると、一方には恋愛の物語があり、他方で超自然な出来事が運命を支配しているということがよくわかります。それがマリー・ド・フランスの物語詩を特徴づけている要素です。

「予言をする白い雌鹿」や「無人の船による航海」などといった不思議な出来事はケルト民族の伝説を思わせ、素材となった民間説話に由来すると考えられています。また「眠っている美しい人間に対する恋」、「塔に閉じ込められる女性」、「上衣の結び目」や「解くことのできない帯」などといった要素は、眠れる森の美女やラプンツェルン、シンデレラといった昔話を思い出させます。マリー・ド・フランス自身が物語集の前書きで、昔聞いたことのあるレーが忘れられていくのがしのびないために、それらを韻文に書き直したと述べています。

しかし彼女はそれを素朴な昔話として語るのではなく、「古代物語」のなかで発展した恋愛の感情を大幅に取り入れてリメイクしています。たとえば、ギジュマールと奥方の恋愛を描写する部分では、トゥルバドゥールの精美の愛から始まり宮廷風恋愛として確立していく過程にある恋愛の形がはっきりと投影されています。

2 ケルト・ブルターニュ系の伝承

マリーのレーの中から、ここではまずブルターニュ地方の伝承に由来する要素を見ていきます。それらはすべて超自然な雰囲気に包まれています。

白鹿

まずギジュマールという主人公の名前自体がブルトン人的であることから、すでにブルターニュの題材を思わせます。

しかしそれ以上にはっきりとしているのは、「白い雌鹿」の狩と「不思議な船」の存在です。白い鹿はケルト民族の物語によく登場し、主人公を異界へと導き、妖精との恋の仲立ちをするという役割をはたしました。白鹿は妖精によってあの世からこちらの世界に送られた超自然に属する動物であり、妖精の分身とも考えられます。実際「ギジュマール」でも、この鹿は「全身これ白く、頭に雄鹿のごとき角」をはやし、始めから不思議な雰囲気で描かれています。そして、ギジュマールがこれまで誰も経験したことがないほど苦しい恋をすることになると予言するのです。

図7●14世紀に描かれた不思議な鹿
Saint Eustache et le Cerf : BN, lat. 10528, fol. 299 v°, *Heures de Marguerite de Clisson*, xiv[e] s.

ああ、悲しいことに、私は殺される。
だが、私を傷つけた若者よ、お前の運命も呪われてあるがよい。
お前は決して薬を手に入れられまい。いかなる薬草の葉や根によっても、
いかなる医師によっても薬石によっても、腿に受けたその傷から、
お前は決して癒されまい。ただいつの日かある女がお前を治しはしようが、
彼女はお前を恋するあまり、いまだいかなる女性も耐えたことのない、
苦しみと悲しみを忍ぶことになるのだ。それにお前も、かつて恋し、今も恋し、
この先も恋するあらゆる人間たちから、感嘆の念をもって迎えられるほどにも、その女のために同じく
苦しむのだ。

この予言は騎士を妖精のところに導く働きをしています。そしてそれ以上に興味深いのは、鹿の額から跳ね返りギジュマールの腿を傷つけた矢です。その傷はどんな薬によっても治すことができません。それほど運命的な力を持つ矢ですが、そのことは、恋が妖精によって定められた運命であることを示しています。こうして、言葉を話す白い雌鹿とは人間の運命を支配する超自然的な存在の使者だということが明らかになります。

不思議な船

次に不思議な船について考えてみます。森を抜けて港まで来たギジュマールは船を目にして不思議な気持ちにとらえられます。「この場所に船が訪れるものだとは、このあたりの土地で、いまだに耳にしたためしがなかったからである」。そして立派な調度が整えられているにもかかわらず、人の姿が誰も見えないこの船は騎士を乗せたまま一人で出港してしまい、彼を見知らぬ港まで運んでいきます。

こうした不思議な船による航海はケルトの伝説のなかでしばしば見られますが、それはこちらの世界と妖精の住む超自然な世界を結ぶ旅だといえます。ケルト民族の間では、死後の世界は地上の世界とすぐ隣り合わせの場所にあると考えられていました。「ケルトの人たちは目に見えぬ世界（常若の国）や、目に見えぬ種族（ダーナ神族）の存在を信じ、そこと自在に行き来しているのです。この世と直結し、隣接しているもう一つの世界と、もう一つの種族（神話の神々、伝説の英雄たち、伝承の妖精たち）とが、人間の生活と深い関わりを持っていると信じているのです。そして神話の世界ではたがいに行き来しています。神は英雄と結婚し、英雄はまた妖精の恋人になるというように」（井村君江『ケルトの神話』）。

こうした信仰があったために、死の世界へは海を隔てた隣の国へ行くのと同じように船に乗って行くといった物語が数多く存在したのではないでしょうか。実際、超自然な国へ出かける『コンラの冒険』といった冒険物語や、『マールドゥーンの航海』に代表される航海の物語があり、日常的な現実の世界から海の彼方にある聖なる国へと向かう旅がケルト民族における楽園への憧れを表現していると考えられています。

妖精

海を渡った主人公は妖精に出会うことになります。ただし「ギジュマール」のなかで彼が出会うのは妖精ではなくふつうの人間の女性です。ですが、本来の伝説では主人公が出会うのは妖精であったはずなのです。これは作者であるマリー・ド・フランスが宮廷恋愛風の味つけで伝承譚を語るということに由来しており、実のところマリーの物語のなかでもメリアデュックが船の上の奥方の姿を見初める場面では、彼女の美しさは妖精のようであったという表現が使われ、昔の素性がこっそりと告げられています。

また、ケルト系の伝承のなかで白い雌鹿は騎士をしばしば泉で水浴びをしている妖精のところに導きます。いっぽうマリーのレーのなかで、奥方はギジュマールの傷の手当てをするために金でできた二つのたらいで水を運びます。

女性たちは一対の黄金の盥《たらい》に水を運び、彼の腿と傷口を洗った。
上質の白い亜麻布で、傷のまわりの血をぬぐい去り、
それから固く包帯をまいた。大層心をこめた手当てであった。

この水の入った黄金のたらいは「泉水を象徴する異界の妖精の標識」として考えられています（月村辰雄『十二の恋の物語』訳注）。つまり、異界に住むこの奥方が本来は泉の妖精であったことの名残であると考えられるのです。

ケルト人たちの伝説にはよく泉に住む妖精が出てきます。「水を司り水に住むのは女神が多く、泉・井戸・湖・河などには女神の名前が多いようです。（……）泉には病を癒す力があり、幸運をもたらしてくれる女神や水の精が住むという信仰はいまに続いており、昔は泉に馬をいけにえとして捧げ、剣や楯など武器が投げ入られましたが（泉や湖から古代ケルトの武器が発見されています）、いまではコインやピンや小石を投げ入れて祈ればいいようです」（井村君江『ケルトの神話』）。

どのような薬を使っても治すことができないと予言されたギジュマールの傷が手当てによってすぐに回復するのは、こうした理由によるのです。したがって、たらいの水で騎士の傷を癒す奥方は、妖精の十二世紀的な姿だと考えられます。

また彼女がギジュマールの着物に作る結び目や彼女自身の体にしめる帯の魔法もそうした超自然な

力が生み出したものであり、この物語がケルト民族の間に伝わってきた伝承譚を素材としていることの証拠といってもいいかもしれません。

つまり、妖精が騎士を異界に引き寄せるという物語こそ「ギジュマール」の核だと考えることができます。

3 宮廷恋愛風な味つけ

十二世紀にマリー・ド・フランスの物語詩が広く成功を収めたことは、当時の資料によっても確認することができます。「彼女は大層称賛を博し、その韻律も好まれている。伯も領主も騎士の面々もこれをいたく愛好し、その文章に惚れこんでしきりと物語させ、朗読させては喜んでいる。レーは御婦人方のお気に召した。御婦人方は楽しみ喜んで耳を傾けるが、というのもレーが心にかなっているからだ」(『十二の恋の物語』)。こうした言葉はマリーの短詩がヘンリ二世の統治するノルマンディー地方やロンドンの宮廷の趣味にかなっていたことを示しています。

その趣味というのはトゥルバドゥールの恋愛詩によって確立した女性上位の恋愛観にもとづいたものです。そして精美の愛が古代物語を通して徐々に確立され、それに従って恋愛の手続きもはっきりと定まっていきました。現代流の言葉で言えば、恋愛がマニュアル化され、第2章アンドレ・ル・シャプランの『恋愛術』において体系化されました。そうした過程でマリーの物語は重要な役割をはたしたのです。

幸福な騎士の条件

物語の冒頭で、ギジュマールは、すぐれた武勇の持ち主であるにもかかわらず、幸せではないと言われます。なぜなら恋愛に心を動かされないからです。

> 彼と肩を並べる立派な騎士は、その頃どこにも見いだされなかった。しかし自然の神は過ちを犯した。彼は恋に心を動かされなかったのである。（……）そのため人々は、友人も他国の人も、彼を不幸な男と見なした。

ここでは恋をしていることが完全な騎士の条件であり、ギジュマールが『ロランの歌』などの武勲詩の世界とは遠く隔たった世界にいることがわかります。

その彼が運命に導かれて異国の町に流れ着き、ある女性と恋に落ちます。しかし相手の女性は結婚しています。こうした状況は城主の奥方に若い騎士が恋をするというトゥルバドゥールの恋愛における基本的な条件を思い起こさせます。これはトゥルバドゥールによって生み出された恋愛の図式にのっとった関係であり、そうした条件が恋愛を発生させるのです。

恋愛の段階

恋愛感情が発生したあと、奥方と騎士が結ばれる過程が非常に細かく描かれます。まだ恋愛を自覚していない二人が「ため息」をつき、「物思い」に沈み、「不眠」になるという段階を経て、最終的に「接吻」や「抱擁」にいたるという手順が多くの言葉を費やして語られるのです。恋愛の兆候はまず「ため息」から始まります。

しかし、恋の神は鋭くギジュマールを射た。彼の心はむごい拷問にかけられた。ほかでもない、故郷のことも忘れるほど、奥方の姿が彼を悩ませたのである。もはや傷の痛みも感じない。重苦しくため息をつくばかりであった。

恋の神の矢はギジュマールが白い雌鹿に射た矢に対応し、自分の矢が跳ね返って受けた傷と恋の傷とが交代することが、「もはや傷の痛みも感じない」という言葉で暗示されています。そして恋の矢で射られた騎士は重苦しくため息をつき、そして奥方に自分の愛を告白すべきかどうか悩み、物思いに沈みながら、眠れない夜を過ごします。

騎士はひとり残されて、物思いに沈み、悶え苦しんだ。
その理由はわからなかった。それでも、もし奥方によって傷が癒されなければ、
自分は確実に死ぬであろう、ということは理解できた。
「ああ、いったいどうしよう。この寄るべない哀れな身の上に、
慈悲と哀れみをかけてくれるよう、奥方のもとに赴いて頼んでみよう。
しかし彼女が高慢で思い上がった女性で、私の願いを聞き入れてくれぬなら、
私は永遠にこの身を焦がし、傷の痛みに悶え死なねばならぬのだ。」
彼はため息をついたが、ややあって、別の考えに思いいたった。
つまり、他に手立てがない以上、苦しまねばならぬと言い聞かせたのである。
彼は夜もすがら目覚めて過ごし、ため息をつき、身を責めさいなんだ。
奥方の言葉と身のこなしと、銀鼠色の瞳と美しい口もとが、
心の中に思い浮かんで、その苦しみが心に突き刺さる思いであった。
彼は声を殺して「お慈悲を」と叫び、あやうく奥方を「愛しい人」と呼ぶところだった。

ここでは、恋に捕らえられた人間が相手の気持ちを推し量りかねて、告白すべきかどうか自分の心

のなかで思いめぐらせるようすが実に生々しく描かれています。彼は愛する女性のことを考えてはため息をつき、自分の気持ちを相手に打ち明けるべきか物思いにふけり、そうこうしているうちに眠れないまま夜が明けてきます。このように、「ギジュマール」のなかで描かれる恋愛は、欲望を感じた男性がすぐさまその気持を満足させるなどといった直接的な行動ではなく、お互いの気持ちが通じ愛し合うようになるまでに一連の過程を必要とする雅やかな感情なのです。

奥方のほうも「夜を眠らずに過ごし、苦しみうめいた。彼女をさいなむ恋の神のしわざであった」と言われているように眠れない夜を過ごします。また、愛する騎士の気持ちを知るために、ギジュマールがどのようにしているのか、彼も眠れなかったかどうか気にかけます。

恋愛が成就する前の段階に多くの行が費やされることは、恋愛の達成が目的であるというよりも、むしろそれにいたる過程こそ恋愛の恋愛たるゆえんであるということを示しています。つまり、体ではなく心の問題として恋愛がとらえられているからこそ、恋愛の過程がこれほど綿密な描写の対象となっているのです。

正しい恋愛のかたち

「ギジュマール」の語り手は、眠れない夜を明かした二人の恋人たちが翌朝出会い挨拶を交わす場面で、さりげなく自分の恋愛観を挿入し、恋愛とはどのようなものであるか読者に示します。

ましてや恋は心の中にうがたれ、決して表にあらわれぬ傷であって、
しかも自然の女神の思し召し次第の、長く手のかかる病なのである。
確かに、いたるところでくどいてまわり、その手柄を自慢する、
卑しい放蕩の男たちのように、多くの者がこの病を冗談の種にしているが、
しかしそれは恋ではない。むしろ、色狂い、悪行、淫蕩のたぐいである。
もし誠実な恋人を見いだしたなら、その人に仕え、その人を恋し、
その意のままにならねばならぬ。

獲得した女性の数を自慢し人に言いふらすような男たちが口にするのは恋愛ではありません。それは、欲望を満足させているにすぎず、狂気の沙汰なのです。このようにして、新しい恋愛が生まれる以前の愛を偽りの恋だと非難します。そしてそれと対立させるようなかたちで、愛する人に「仕える」という概念を示します。それこそ宮廷風恋愛のもっとも根本的な姿勢です。騎士はあたかも自分の君主に仕えるように愛する貴婦人に仕えることが恋愛の第一条件であり、そのようにして初めて貴婦人も騎士の愛の奉仕に応じて恋の許しを与えるのです。

恋愛の規則

このように正しい恋愛がどのようなものであるかが明らかにされ、そのあとで最後に「告白」が行われることになります。この部分の会話はいかにも宮廷風恋愛といった感じを漂わせています。


恋はギジュマールを大胆にした。彼は胸の思いを奥方に明かした。

「奥方さま、あなたゆえに息も絶えそうです。心は悶え苦しんでおります。恋の楽しみをかなえて下さい。美しい方よ、どうかお断りなさいませぬよう。」

奥方はじっと耳を傾けていたが、愛想よく騎士に応じて、微笑みながら答えた。「騎士殿、すぐに心を決めてお求めをお許ししますなら、それは性急すぎるというもの。私、そうしたことには慣れておりませぬ。」

彼は言った。「奥方さま、お慈悲です。こう申し上げてさしさわりなければ、まさにその道の浮かれ女こそが、自分が男から高く値ぶみされるよう、また、恋に手だれの女だと思われぬよう長いこと口説かせておくものなのです。しかし心ばえ高く、うちに美徳と知恵をそなえた御婦人であるなら、自分に合う男に出会った時には、あまりにすげないあしらいは控え、むしろ男を恋し、喜びを得ることでしょう。そして秘密が人に見つけられる前に、せいぜい楽しむことでしょう。奥方さま、この議論に決着をつけましょう。」
奥方は彼の言葉が真実であると思い、今やためらうこともなく、
恋の許しを与えた。ギジュマールは奥方に接吻し、心はようやく和らいだ。
二人は身を横たえ、愛を語らい、しきりと唇を重ね、抱擁した。
願わくば彼らが、世の常の恋人たちの行う、その先の営みを楽しむように。

恋の成就は最後の数行だけですまされるのに対して、そこにいたる過程にはフランス語の原文でも二〇〇行以上の言葉が費やされています。つまりそれは、恋愛というものが単なる結果ではなく、ある一定の手続きを踏んだ予備的な段階を必要とするということを前提としていることを示しています。しかもギジュマールと奥方の告白の会話のなかには、第2章で検討した司祭アンドレの『恋愛術』を思わせる恋愛の規則がいくつか含まれています。

まず恋愛の相手となる女性は美徳と知恵をそなえていなければならないこと。これは宮廷風恋愛が理性にもとづく恋愛であり、自分よりも上の対象を選択し、その人にふさわしい人間になるように努めることで洗練されたふるまいを身につけるという騎士道的な恋愛の前提になります。

次に、女性は恋の許しを求める騎士の要求にすぐに応じてはならないこと。恋愛感情が高まるためには障害が必要であり、その障害は嫉妬深い夫の存在によって表されます。また女性もすぐに同意す

るのではなく、ある程度自分でも障害を作る必要があります。しかし、それを手練手管としてしまうと今度は男性の側の遊びの恋と同じになりますので、自分にふさわしいと思われる男性からの求愛に対してはあまりにも冷たすぎる態度を取らず、相手と同じように自分も愛すべきなのです。

そして愛の喜びを感じることになります。この「喜び」という言葉は、トゥルバドゥールの解説でも触れましたが、ただの感情以上のものです。優れた人を愛することで自分もその人に近づくように努め、それが恋する人間の内面的な進歩につながります。そうした精神の上昇に伴うのが、ここで言われる「喜び」なのです。ですから愛の喜びという言葉からも、ギジュマールの恋愛観を支えているのが精美の愛から宮廷風恋愛に連なる女性上位の恋愛であることがわかります。

こうした会話が繰り広げられたあと、奥方は騎士に接吻を許し、愛を受け入れたことを示します。上位にいる貴婦人が愛の奉仕の代価として指輪や口づけを与えるというのも、騎士の奉仕に対して君主が封土を与えるという封建主義的な制度にのっとった儀式であり、これもまた十二世紀に生まれた恋愛の枠組みを形作っています。

出来事の展開を追って話を進める素朴な語りから離れ、ある部分では文体に厚みを加えることで特定の事物や事象に特別の注目を集めることができます。マリー・ド・フランスもそうした語りを実践し、古くから伝わる物語に宮廷風恋愛の精神を注ぎこんだのです。あらすじとは直接関係のない恋の過程がくっきりと浮かび上がるように詳しく語り、もともとの妖精との恋物語をいかにも十二世紀的な彩りに染めているのです。

4 キリスト教のもとでの恋愛と結婚

宮廷風恋愛とケルトの伝承をミックスしたマリーですが、彼女の作品にはもう一つ特徴があります。十二世紀に新しく生まれた恋愛観によれば、恋愛とは結婚生活のなかには存在せず、つねに不倫関係において成立するものでした。ところが、マリー・ド・フランスの物語詩では結婚につながる恋愛が語られています。

よい騎士の条件としてのキリスト教

『ロランの歌』のような武勲詩を見ますと、「ロランは猛し」という言葉に代表されるように、武勇に優れていることがよい騎士のもっとも重要な条件でした。それに対してマリーの物語のなかでは、優れた騎士は恋愛をしていなければなりません。

さらに興味深いことに、武勲詩でも騎士はキリスト教徒であることが要求されましたが、マリーの場合も同じようにキリスト教の影響が強く感じられます。貴婦人が騎士の恋を受け入れる条件として、正しいキリスト教徒であることを証明しなければならないということがでてきます。ですから異教徒と戦う場面だけではなく、婦人から恋を勝ち取るためにも、正しいキリスト教徒であることが必要条件になってきます。

ところがトゥルバドゥールの恋愛観とキリスト教の教えでは、恋愛や結婚に関する考え方がまったく違っています。キリスト教では夫婦の絆は絶対的なものであり、その外に愛を求めることは姦淫として罰せられます。とくに女性には夫に対する貞節が求められ、不倫は許されません。それとは逆に、精美の愛はそもそも夫婦の間では成立しないと考えられ、トゥルバドゥールたちが歌う恋愛は夫のいる貴婦人への不倫の愛です。キリスト教から見ると、断罪されるべき罪を声高らかに歌う、不道徳な叙情詩だということになります。

ですから恋愛をテーマとして物語をつづっていくマリーは、アキテーヌ地方からもたらされた恋愛の概念をキリスト教の教えと適合させなければなりませんでした。つまり北フランスにそれが導入されるにあたっては、不倫性を取り除く必要があったのです。そのために彼女は恋愛と結婚を一致させるという手段を用いたのかもしれません。結婚という枠組みのなかで恋愛を描くことによって、キリスト教の結婚観に違反しない形の恋愛を可能にしたことがマリー・ド・フランスの物語の大きな特色だといえます。

恋愛の始まりは不倫関係

マリーが恋愛を描く場合、基本的にはトゥルバドゥールの恋愛の図式である三角関係にのっとっています。恋する若い騎士と若くて美しい奥方、そして年老いた夫という三人が登場し、恋愛は不倫であるという状況が設定されます。

「ギジュマール」の例を見てみましょう。ギジュマールの恋愛は嫉妬深い夫の目を逃れながらのものです。

その町を治める領主は、大層の齢を重ねた老人であった。
奥方は高い家柄の出で、気高く雅やかで、また美しく賢かった。
領主は並外れて嫉妬深かった。というのも、自然の定めるところにより、
寄る年波のなせるしわざであるが、老人はすべからく嫉妬深く、
妻を寝取られはせぬかと恐れるからだった。領主はあだやおろそかに奥方を見張ったのではなかった。
城の本丸の下の庭園の中に、周りに壁をめぐらした囲い地があったが、
その壁は緑の大理石造りで、大層厚く、また高く、
しかも入り口はただ一つしかなく、夜となく昼となく見張りが置かれていた。

このように、年を取った領主と若くて美しい奥方という状況がまず設定されています。そこに傷ついた若い騎士ギジュマールが現われ、夫の目を盗んで恋愛の楽しみにふけることになります。これはまさにトゥルバドゥール的恋愛の三角形と同じものです。

この状況は、マリー・ド・フランスの手による他の作品でも同じことです。トリスタン伝説を取り上げた「すいかずら」や、十七世紀に童話として書かれた『青い鳥』の原形とも言われている、貴婦人と大鷹との恋を物語る「ヨネック」でも、恋愛の始まりは三角関係です。

しかしより興味深いのは「エキタン」での恋人の関係です。ここでは、領主エキタンが恋する男であり、自分の家臣の奥方に恋をします。ですから邪魔なのは領主ではなく家臣であり、奥方は自分より身分の高い存在とはいえなくなります。そこでこの物語のなかでは、恋愛の三角形が無視されているように見えます。しかし身分関係の上下にもかかわらず、恋愛を成立させるために、領主は自分を奥方よりも下に置きます。そしてエキタンは奥方にこう言って、恋の望みを叶えてくれるように懇願します。

「いとしい奥方よ、あなたにこの身を捧げよう。決して王とはお考えにならず、あなたの家来と、また恋人と思し召せ。私はあなたの思いどおりになると、確かに誓って約束しよう。このままでは、あなたに焦がれて死んでしまう。

あなたこそ主人で、私は下僕。あなたは誇り高く、私は懇願する身の上だ。」

ここでは現実の身分関係にかかわらず恋する男は貴婦人の下に位置し、彼女に愛を捧げるということが恋愛の条件であることがはっきりと示されています。トゥルバドゥールの恋愛のなかでは、恋する男はつねにへりくだり、高いところにいる奥方に愛を懇願するという図式が保たれていました。それが「エキタン」のなかでは、現実の身分を越えてまでも女性上位の関係が恋愛の前提となっています。ということは、マリーの意識では、このような関係にならない限り恋愛が成立しないと考えられていたのではないでしょうか。これまでの肉体的な欲望とは違う意味での恋愛が成立するためには、南フランスの叙情詩のはたす役割はこれほど大きなものでした。

恋愛結婚の成立

しかし、マリー・ド・フランスの物語で描かれる恋愛がトゥルバドゥール的な恋愛観と完全に一致しているわけではありません。そのもっとも大きな違いが結婚に関する考え方の違いなのです。トゥルバドゥール的な恋愛は以上で見たように姦通愛であり、結婚という制度の枠の外にしか存在しません。いっぽうマリーの物語における恋愛は、最終的には結婚にいたる感情です。

まず恋愛が結婚にいたる物語を見てみましょう。「ギジュマール」では、嫉妬深い夫の手から逃れた奥方は、今度は別の領主に捕えられ恋を迫られますが、結局はギジュマールによって救い出されます。物語は、「(ギジュマールは) ついに領主を殺すと、大喜びで恋人を連れ戻った。彼の難儀は終わったのである」という言葉で終わっていますから、彼らが結婚したとは書かれていませんが、しかし連れ戻ったということは、その後二人は一緒に暮らしたと理解してもいいでしょう。物語の発端の人間関係は確かにトゥルバドゥール的な三角形だったのですが、その関係が物語のなかで変化し、最後は結婚にいたります。

マリーの別の作品「とねりこ」になると、恋愛がはっきりと結婚につながっています。ゴロンという領主は「とねりこの噂を耳にすると、たちまち彼女を恋してしまった」。これは「遥かなる恋」というテーマにのっとった恋愛です。しかし、彼女の同意を得てヒロインのとねりこを修道院から連れだし、いっしょに暮らし始めます。

> 領主はとねりこを連れて帰り、大層いつくしみ、そして恋した。
> 家来も召使いも同様であった。老いも若きも、一人として、
> その気高さのゆえに、彼女を慕い、慈しみ、敬わぬ者はなかった。

ここではっきりと結婚と恋愛が一致していることが明記されています。領主は恋ゆえにとねりこ

を自分の家に連れて帰り、そして奥方として迎えています。ですから領主以外の人々も彼女を奥方として遇しているのだと考えられます。

ところで「とねりこ」では、結婚に関してさらに興味深い事実が浮かび上がってきます。というのも、上の引用で言及されているのは正式な結婚ではなく、内縁関係を結んだ和合結婚（同意の上の同居生活）なのです。また別な観点から言うと、それは略奪結婚だったのではないかと思われます。

彼女は領主を深く恋していたので、その意に添うことを約束し、彼に従って修道院を去り、領主の居城に連れていかれた。

マリーははっきりとは書いていませんが、この記述から推測すると、領主ゴロンはとねりこの育ての親である修道院長の許しをえず、略奪するようにして彼女を連れ去ったようです。ですから、これはとねりこ本人の同意は得ているものの、いわゆる略奪結婚です。そしてその場合には、父親から正式に許しを与えられたわけではなく、二人の同意にもとづいて一緒に暮らしているだけですから、とねりこは正式な奥方ではなく、側妻ということになります。

そのために家臣の者たちは、高い家柄の夫人を妻に迎え領地の安泰を計るべきだと考え、領主に正式な結婚をせまります。しかし最後には、とねりこが実は高い家柄の領主の娘だということがわかり、ゴロンは恋する女性と正式な結婚をすることになります。正式というのは、父親の手から夫の手へと妻が与えられるということを意味しています。「次いで領主は、その父から正式に与えられた、彼の恋人を娶った。父は彼女に大層な心づかいを示し、財産の半ばを分かち与えた」という言葉は、領主ととねりこの二度目の結婚が最初の結婚とは違うものであることをはっきりと示しています。このようにゴロンは恋人と正式な結婚をすることになります。

このことは、マリーの描く恋愛が不倫をうたうトゥルバドゥール的な恋愛観とは隔たっていることの明確な証拠となります。

キリスト教と恋愛結婚

それを知るために、さらに「エリデュック」を検討していきたいと思います。この物語でも「とねりこ」と同じような略奪結婚が描かれています。エリデュックは恋人である王の娘ギリアドンをこっそりと宮廷から連れ去り、船にのせて自分の国に連れて行こうとします。そこで自分の召使いを彼女のもとに送り、計画に同意してくれるように頼みます。

召使いは王女に、日が暮れたら一緒に出かけるよう求めた。
昼のあいだはそこにとどまり、よく道筋を考えて、日が暮れて夜になると、二人は町から出発した。
その若者と王女のみで、そのほか誰も伴わなかった。
王女は人目につくことを恐れ、金糸でこまやかに縫いとりした
絹の衣を身にまとい、上には短い肩衣《かたぎぬ》を羽織っていた。

町の門から矢の届くほど近くに、囲いをめぐらした森があった。
王女のために舞い戻った恋人は、その柵のもとで待っていた。
召使いが彼女を連れてくると、彼は馬からおりて接吻し、
たがいに再会の喜びを示した。彼は王女を馬に乗せ、
自分も馬にまたがると、手綱を取って急いで出発し、
トットネスの港に着いて、すぐさま船に乗りこんだ。

このようすを見ても、王女は出発を王に告げてはいませんから、極秘のうちにこっそりと行われたように思われます。エリデュックは、愛する王女ギリアドンを王のもとから略奪して船に乗せたのです。

しかし船の上でギリアドンは、エリデュックには正式な妻がいることを知り、気絶して死んだように動かなくなってしまいます。そして陸に着くと、礼拝堂のなかに安置されます。というのもエリデ

ュックは彼女が死んだと思い込んだからです。最後に彼女はエリデュックの妻によって発見され、命を助けられます。

こうして、恋する騎士の前に妻と恋人が同時に姿を現すことになります。これは恋愛と結婚が同時に存在することを象徴的に表現していると考えてもいいでしょう。ここで、私たちの目から見るとたいへんに奇妙な決着がつけられます。奥方は自分の夫が美しい王女と口づけをかわす姿を見て、自分から身をひき尼僧になり神に仕える決心をし、次のように言います。

修道院を建てたいと思いますから、領地の一部を割いていただけますよう。
そして、大層恋する王女を娶られますよう。妻を二人持ちますことは、邪でもあるし、体裁も悪い。キリストの教えも許さぬことです。

このようにしてエリデュックと王女は恋愛の末に結ばれることになります。ここで興味を引くのは、キリストの教えが出てくることです。正式な妻であった奥方もエリデュックを愛していたのですが、恋する二人の姿を見て、キリスト教の名前において恋する人々が結ばれるようにと自分は修道院に入ることにします。ここでは恋愛と結婚の問題にキリスト教が重要な影響を与えていることがわかります。

マリー・ド・フランスのいくつかの物語のなかでは、よきキリスト教徒であり武勇に秀でた騎士が貴婦人に愛を捧げ、そして最後には結婚にいたることになります。恋愛の最初はトゥルバドゥール以来の三角関係であったものが、最終的には愛する若者たちの結婚で終わるのです。こうして、マリー・ド・フランスは、精美の愛に代表される不倫的恋愛観に一つの変種をつけ加えたのです。

第7章……情熱恋愛と理性的恋愛——二つのトリスタン物語

トリスタンとイズーの物語はいまでもよく知られています。ワーグナーのオペラ『トリスタンとイゾルデ』、ジャン・コクトーの映画『悲恋』、ジョゼフ・ベディエが編集した『トリスタン・イズー物語』（岩波文庫）。こうしたさまざまなメディアを通して伝えられるトリスタンとイズーは、情熱的かつ悲劇的な恋愛の代名詞ではないでしょうか。愛し合う二人が最後に墓のなかで結ばれる姿は、まさに「情熱恋愛」amour-passion の主人公にふさわしいものです。

ところが、こうしたトリスタン物語像は一面的であり、もう一つのイメージがあることは意外に知られていません。トリスタン物語が体系的な形で成立したのは、いま私たちが文学散策をしている十二世紀のことです。そして当時生まれた新しい恋愛の概念に従って、本来は狂気であり死につながる宿命の愛であるトリスタンとイズーの話が、理性を中心に据えた物語としてアレンジされることもありました。

これから、情熱恋愛と理性的な恋愛という二つの恋愛観の違いを中心に、十二世紀のトリスタン物語を読んでいきましょう。

1 二つのトリスタン物語

「流布本系」と「宮廷風恋愛物語系」

二つのトリスタン物語のうち、情熱恋愛を主題に据えるのは「流布本系」と呼ばれるもので、一般の大衆を相手にジョングルールたち旅芸人によって語られました。この系統の代表はノルマンディー出身のベルール作のものです。ベルールの「トリスタン物語」は、主人公の心理分析などまじえず、出来事を外側からとらえ、ぐいぐいと物語を引っ張っていくという語り口をしています。

もう一方は「宮廷風恋愛物語系」と呼ばれます。こちらはその名前からも明らかなように、貴族の館のような限られた場所で上流階級の人々を対象としていました。そこでは物語の内容も必然的に変化し、宮廷風恋愛の概念に従って解釈されなおし、トゥルバドゥールに始まる新しい恋愛観が反映されています。こちらの系統の代表はトマというアングロ・ノルマンの詩人です。彼の作品では、主人公たちのモノローグが多く使われ、心の葛藤が綿密な心理分析を通して描かれています。ちなみにトマはマリー・ド・フランスと同じように、アリエノール・ダキテーヌのロンドンの宮廷で活躍したのではないかといわれています。

ところで、トリスタン物語は完全な形であるわけではなく、いくつかの断片的な写本が残されているだけです。十九世紀にジョゼフ・ベディエによってトリスタンの誕生から死までが再構築されましたが、それはさまざまな写本をつなぎ合わせたものです。物語のあらすじを知る上ではベディエの編集した本が便利ですが、ベルールの版とトマの版を直接読まないと、二つの系統の恋愛の概念を知ることはできません。

ここではまず、ベディエ版でトリスタンとイズーの物語を詳しくたどっていきましょう。

あらすじ

誕生から流浪の船出まで

主人公のトリスタンは、マルク王の妹ブランシュフルールと、ローヌア（フランスのブルターニュ地方）の領主リヴァランの間に生まれた。しかし、父は戦争で亡くなり、母も悲しみのあまり、トリスタンを産み落とすとすぐに死んでしまう。こうして孤児になったトリスタンは、ゴルヴナルという忠実な家臣のもとで立派な騎士になる修行を積み、イギリスのコーンウォール地方を支配するマルク王の宮廷で暮らすようになる。

ある時、マルク王の宮廷にアイルランドの王の使いとして巨人モルオールがやってきて人身御供を多数差し出すように要求する。誰もがモルオールとの決闘に尻込みするなか、トリスタンだけが勇敢に立ち向かう。最後に、トリスタンの剣がモルオールの頭蓋骨に食い込み相手を打ち破るが、しかし毒を塗ったモルオールの剣に傷つけられたトリスタンも深手を負い、体が悪臭を放ち腐っていく。そのために宮廷の人々はみんな彼を見捨て、味方はマルク王とゴルヴナルだけという状況になってしまう。そのような状況のなかでトリスタンは死を覚悟し、竪琴一つを手にして、舵もオールもついていない舟に乗って海に流されていく。

金髪のイズーとの出会い

その舟が流れ着いたのはモルオールの国であり、そこには彼の姪にあたる「金髪のイズー」が住んでいた。またその母親（名前は娘と同じイズー）はさまざまな魔法の薬を作ることのできる力を持ち、二人の看病によってトリスタンは奇跡的に回復する。そして再び、コーンウォールの地に戻る。

マルク王は彼の帰還を喜び、ますます自分の甥を可愛がり、自分の後継者にという考えを持つが、家臣達は反発し、独身の王に結婚を迫る。そんなある日、宮殿に金髪をくわえたツバメが入って来る。そこで王は、その金髪の持ち主となら結婚してもいいと宣言する。トリスタンはその金髪に見覚えがあった。あのイズーのものだと確信したのだった。そして、マルク王の妻としてイズーを迎えにアイルランドに再び向かう。ただし、彼がモルオールを打ち負かしたことはよく知られていたので、商人に変装して行く。

そのころアイルランドでは巨大な竜が大きな被害をもたらし、アイルランド王は竜を退治した者に娘のイズーを妻として与えるというおふれを出していた。トリスタンはその竜を倒し、証拠として竜の舌を切り落とし、ポケットに入れて持っていこうとする。しかし舌には毒があり、彼はある沼の近くで倒れてしまう。その間にある男が竜の死体を見つけ、自分が退治したと言って、イズーを要求する。しかしイズー母子は信じず、泉のところで倒れているトリスタンを発見、宮殿に連れ帰り、手厚く看病する。

ところが金髪のイズーはある偶然からトリスタンの剣を抜く。そして、それが刃こぼれしており、その形がおじであるモルオールの頭蓋骨から取り出された剣の破片と一致、トリスタンが敵であることが発覚する。トリスタンは自分の剣で危うく彼女に殺されそうになる。しかし、マルク王の妻探しのきっかけとなった金髪の話をし、彼女を説得することに成功する。

イズーの出発前、王妃である母親はマルク王がイズーを愛するようになるためにと、恋の媚薬を調合し、侍女のブランジャンに渡す。ところがブランジャンは誤って、コルヌアーユに向かう船の上でトリスタンとイズーに飲ませてしまう。宿命的な恋の媚薬を二人はこうして飲み干したのだった。

恋愛の三角関係

忠実な臣下であるトリスタンは、愛するイズーをマルク王のもとに連れていき、王は予定通り結婚する。しかしイズーはすでに処女ではないため、最初の夜は侍女のブランジャンが身代わりをすることになる。こうしてマルク王と金髪のイズー王妃、臣下トリスタンの三角関係が始まる。

二人の恋人のふるまいはどんなに隠しても、マルク王以外の人々の目にはすぐに明らかになってしまう。とりわけトリスタンの武勇をねたむ悪人達が二人の秘密を暴こうとし、ある時、果樹園のなかの大きな松の木の下で逢い引きする二人に先立って、マルク王をその木の近くに呼んでおく。しかし、幸運なことにトリスタンは果樹園を流れる小川に王の姿が映っているのを見つけ、なんとか言い逃れをすることができる。

しかし、とうとうマルク王も二人の不倫を知る日がやって来る。当時の城には部屋の仕切りがなく、大きな空間にみんなが一緒に寝ていた。ある時、トリスタンは王がいないのを見計らって自分のベッドからイズーのところに飛び移った。が、その前の日に森で猪の牙にかかって足が傷ついていたため、傷口が開き、ベッドに血をつけてしまう。それが証拠となったのだった。こうして二人は火あぶりの刑に処せられることになる。

モロアの森の逃避行

処刑場に連れて行かれるとき、トリスタンは海上に面して立てられた御堂から飛び降り逃走する。いっぽう、それを知ったマルク王は、イズーを体が腐りかける病にかかり共同体から追放された人々に引き渡すことにする。逃亡したトリスタンは愛するイズーをそこから救いだし、モロアの森に逃げ込む。

その森にはオグランという隠者が住んでいて、二人の行動は神の教えに背いているので、イズーはマルク王のもとに戻るように説得する。しかし、二人は応じない。そうこうしているうちに、森の小屋で眠っているところをマルク王に発見されてしまう。その時、なぜかはわからないが、二人の間には抜き身の剣が横たえられてあり、服を着たまま眠っていた。王はそのようすを見て二人を殺すのをやめ、イズーがしている指輪を自分の持っていたものと取り替え、トリスタンの剣も自分の剣と取り替えた。そうしてマルク王に発見されたことを知った二人は、さらに森の奥に逃げ込むことになる。

別離と死

二人はこうした逃避行を続けていたが、ある日突然、改心の念にとらえられる。トリスタンは、キリスト教の教えに従い、イズーをマルク王に返すべきだと思い、金髪のイズーもマルク王の指輪を見ながら、王妃としての自分の義務を思い起こす。そこで、隠者オグランに相談し、マルク王に手紙を届ける。そして、難所の渡船場で二人の潔白を証明するため、烈火のなかで焼けた鉄を握るという神明裁判を受ける。そのことで、金髪のイズーの身の潔白も証明され、マルク王のもとに戻ることになる。他方、トリスタンはイズーへの思いを断ち切れないまま、コルヌアーユをあとにする。

フランスのブルターニュに移ったトリスタンは、オエル王とその息子のカエルダンを大いに助け、王女である「白い手のイズー」と結婚することになる。しかし、結婚をしたもののトリスタンは金髪のイズーを愛し続け、自分の妻である白い手のイズーには手を触れないままでいる。ある時、白い手のイズーが馬で浅瀬を渡ったさいに水が彼女の膝頭まで上がってくる。その水がトリスタンより大胆だという妹の言葉を聞き、兄のカエルダンは二人の結婚の実情を知ることになる。怒り狂ったカエルダンだが、トリスタンの告白を聞き、いまでも金髪のイズーがトリスタンを愛しているか確かめるため、彼女の暮らすタンタジェルまで一緒に旅に出る。そこで、乞食に変装したトリスタンは金髪のイズーと言葉を交えることができるが、ある誤解から金髪のイズーはトリスタンを遠ざけてしまう。

こうしていったんはブルターニュに戻ったトリスタンだったが、どうしてももう一度だけ金髪のイズーに会いたいという願望に負け、再びタンタジェルに赴く。そして、今度は気が狂った漁師に変装して金髪のイズーと再会し、思いを遂げることができる。

ブルターニュの国に戻ったトリスタンは、ある戦で罠に落ち、毒の塗ってある槍に傷つけられる。死を前にしたトリスタンはカエルダンに、最後の望みとして金髪のイズーを連れて来てくれるように懇願する。そして、金髪のイズーを連れて来た場合には船に白い帆を揚げ、だめだった場合には黒い帆を揚げてくるという約束をする。その言葉を、妻である白い手のイズーはすべて耳にしていた。最後に、船は白い帆を上げて港に向かってくる。しかし、もう船を見る力も残っていないトリスタンに向かい、白い手のイズーは偽りを告げる。帆の色は黒い、と。そこでトリスタンは息絶える。そして到着した金髪のイズーはトリスタンの亡骸のそばに身を横たえ、彼をしっかりと抱きしめる。そして彼女も息を引き取る。物語はこのように二人の死で終わる。

ベルール版とトマ版

以上が物語の全体像ですが、ベルール版の写本で残っているのは、果樹園でトリスタンとイズーが逢い引きする場面(「大松」)の途中から始まり、モロワの森で過ごしたあとイズーをマルク王のもとに返し、その後彼らの恋の邪魔をした家臣たちを殺してしまう所(「難所の渡船場」)までです。他方、トマ版の場合、モロワの森のあと、マルク王のもとに戻ったイズーがトリスタンと再び逢い引きするところから、最後の二人の死の場面までが切れ切れに残されているだけです。ですから残念なことに、代表的なこれら二つの断片で共通する場面は一箇所もありません。

しかし、それらの断片からも二つの物語における精神性の違いをはっきりと感じとることができます。とくに、トリスタンとイズーが誤って飲む媚薬についての考え方を通して、死にいたる激しい恋愛の象徴とされるトリスタンとイズーの恋が、当時成立しつつあった新しい愛の形である宮廷風恋愛へと姿を変えるさまを具体的に見ることができます。

2 死にいたる病としての情熱恋愛——ベルール版の恋愛観

媚薬を飲んだために恋に落ちるという物語の展開は、現代の私たちにとっては不自然に感じられるかもしれません。しかし、十二世紀にはそれほど奇異なこととは思われなかったようです。

媚薬の使用

第6章のマリー・ド・フランスの物語詩にも媚薬のような薬が出てきます。「二人の恋人」のなかで、女王に恋する若者は、王から、彼女を腕にいだいて山の頂まで運びあげなければならないという難題を出されます。そこで恋人の女王は、若者に、サレルノに住む婦人のところにいって、薬をもらってくるように忠告します。

実は、サレルノに親族がおります。多額の年金のある裕福な婦人で、すでに三十年もかの地にあって、医術を大層よくいたし、薬石の術に心得深く、薬となる草や根のことに通じています。(……)あなたのお体を元気にし、素晴らしい力でみなぎらせてくれるような、そんな練り薬や、また水薬を、あなたに授けてくれるでしょう。

(マリー・ド・フランス「二人の恋人」『十二の恋の物語』)

ここでは魔女とは書かれていませんが、若者に与えられるのは、「たとえいかに疲労していても、また憔悴し衰弱していようとも、これさえ飲めば体ばかりか、骨にも血管にも力がみなぎり、飲んだそのとたんに、あらゆる元気を取り戻せる」という秘薬なのです。そんな薬を作るような女性は、いまならさしずめ魔女といわれるような存在にほかなりませんが、しかし、ここではその薬を調合するのは、ごくふつうの婦人であるように記述されています(しかも、サレルノは中世において医学で有名な町です)。ということは、このような秘薬が、非日常的な存在としてではなく、サレルノに行けば手にいれることのできる現実的なものとしてとらえられていることになります。

これは物語の上のことであって、現実にそのような薬の存在が信じられていたわけではないと言われるかもしれません。しかし、日常生活のなかで、媚薬や魔術がごく当たり前のこととして受け入れられていたようです。

ベネディクト会の修道師ギベール・ド・ノジャンの書いた『回想録』には、夫婦生活に関係した魔術に関する言及があります。ギベールの母親が結婚したとき彼女は十二歳だったそうですが、夫、つまりギベールの父親との間に肉体的な関係を結ぶことができませんでした。人々はそれが夫の継母による魔術だと噂しました。ギベール自身もその魔術が行われたことに疑いをもちません。そして七年後に逆の魔術によって呪いの糸が解かれ、彼の両親は結ばれることになります。「そしてノジャンの修道師（ギベール）は、（……）、こうした魔術の利用を咎めだてはしない。魔術は白魔術であれば、正式の肉体関係を助けるものであれば、神の意に適うものである」（デュビー『中世の結婚』）。ここではどのような魔術が使われたのかわかりません。しかしこの文章からは、まじないや媚薬によって夫婦の肉体関係に作用をおよぼすことができると考えられていたことが明らかになります。ですから十二世紀の人々にとって、イズーの母親の調合した媚薬は現実的なものであり、それを飲めば愛し合うという物語の展開はごく自然に納得されたはずです。

媚薬による宿命の恋

「流布本系」物語では媚薬が決定的な力をふるいます。トリスタンは、マルク王の妃としてイズーを獲得したのであって、彼女への愛にとらえられたわけではありません。またイズーにとっても、トリスタンはおじのモルオールを殺した憎い敵であったはずです。ですから、媚薬を飲む以前に二人の間に愛情が芽生えていたとは考えられません。媚薬こそが死につながる宿命的な恋愛の原因であり、トリスタンとイズーを愛に狂わせたのです。ベルールの物語のなかで、モロワの森に逃げ込んだ二人の恋人は、悔い改めるべきだと諭す隠者オグランに向かって、彼らの愛の原因は媚薬にあると言明します。

トリスタンは答える——「隠者殿、信仰にかけ、イズーは心底からわたしを愛しておりますが、あなたはその理由をご存知ではない。彼女がわたしを愛するのは、あの秘薬ゆえ、それでわたしは彼女から離れられず、また彼女もわたしから、嘘は申しませぬ。」

(……)

イズーは隠者の足もとに身を投げて泣き、僅かの間にその顔色は何度も変わり、隠者の憐れみを繰り返し乞う——

「隠者さま、全能の神にかけて、

彼が私を愛し、また私が彼を愛するのは、
ひたすら、ふたりが飲んだ秘薬の仕業、
それは災難《ペッシエ》だったのです。
そのため、王様に追われる身になりました。」

媚薬を飲んだために、二人の若者は自分の意志ではどうすることもできない激しい愛にとらえられ、封建制度にもとづく社会ではもっとも重要な関係である君主に対する忠誠をなおざりにし、まともな人間の住む場所ではない森のなかに逃げ込みます。彼らはすべての社会的な規範を破り、マルク王を欺き、自分たちの愛のためだけに生きようとします。媚薬がトリスタンとイズーに与えたのは理性を忘れた狂おしい恋愛なのです。

彼らは、自分たちのしていることが社会的なしきたりに背き、狂気の沙汰であるということを理解しています。しかしそれにもかかわらず、自分たちの意志を自分たちで支配することができません。トリスタンがイズーを選んだわけでも、イズーがトリスタンを選択したわけでもなく、媚薬を飲んだために愛し合っているのです。また、騎士として並ぶ者のない力を誇っているトリスタンはことあるごとに決闘による裁きを主張し、また神明裁判においてイズーはトリックを使って神の証を手に入れます。しかしそれらも自分たちの意志によっているのではなく、あくまでも媚薬のなせるわざなのです。

アベラールの哲学において見てきたように、意志の有無ということは十二世紀においてとくに重要な意味を持っていました。というのも、この時代になって初めて、犯罪において、罪を犯した者の意志が問われるようになったからです。逆に言えば、意志がなければ罪は問われないことになります。

意志が絡まなければ倫理の問題は出てきません。そこで、ジョングルールが楽器に合わせて語るトリスタン物語に耳を傾けている聴衆たちは、社会的な規範を犯す主人公たちの行動を非難しなかったのです。それどころか、次々に展開する物語の成り行きにどきどきしながら、盲目的にふるまう二人の若者に声援を送ったはずです。

媚薬の有効期限

ところで、「流布本系」の物語では媚薬に有効期限がつけられていました。たとえば、この系列の代表であるベルール版では、媚薬の効力は三年間と決められています。その期間を過ぎれば愛の力は衰えてしまいます。

皆様がた、薬酒のことはすでにお聞き及び、
ふたりが飲み、そのため長い間

かくも苦しむ原因となった薬酒のことは。
だが、私が思うに、皆様がたはご存知ない、
あの恋の飲物、薬草入りの酒に、
どれほどの期限が付けられていたかを。
これを煎じたイズーの母は、
三年の愛にとつくりなした。

媚薬の有効期限は、ベルールの物語のなかでたいへんに大きな役割をはたします。小人のフロサンの計略によって不倫の現場を見つかったトリスタンとイズーは、王の命令によって火あぶりの刑に処せられそうになります。当時この刑は異端者か魔法使いに対して行われる極刑であり、姦通に適用されることはありませんでした。ですから、いくらマルク王の怒りが大きくてもこの刑は不当です。そこでトリスタンは、お堂から身をひるがえして飛び降り、衛兵たちから逃れ、敵たちの手からイズーを取り戻してモロワの森のなかに逃亡することになります。

この森のなかでの生活は決して楽なものではありません。しかし、二人は苦しみを感じながらも幸せだと感じています。この部分の二人の恋人の言葉は、ベルールの物語のなかでももっとも感動的です。

辛い厳しい暮らしの毎日であるのに、
二人は心をこめて愛し合っていて、
相手あるために苦しみを感じない。

これは森に入ってすぐのころの記述ですが、愛犬のユダンの挿話に続く部分でも、苦しみにもかかわらずお互いをいたわり合う二人の心が描かれています。

長い間モロワの森を逃げ回り、
ふたりは同じ不如意を味わうが、
相手あるために不幸を感じない。
気高いイズーは大いに恐れる、
自分のことでトリスタンが悔やみはすまいか、と。
そして、トリスタンは大いに心を痛める、
自分のために王と仲違いしたイズーが、
狂乱の恋を悔やむのではないか、と。

このような言葉は二一世紀に生きる私たちをも感動させる美しい言葉です。愛がお互いを支え、いたわり合う心を失わせないでいます。
しかしこのような愛は、ベルールにおいては自然に生まれてきたものではなく、媚薬によるのだと解釈されます。しかもその効力は三年間だけなのです。もし媚薬に期限がなければ、トリスタンとイズーはずっとモロワの森での逃亡生活を続けることになるでしょう。しかしそれでは、二人の別離から白い手のイズーへとつながる物語に展開できなくなってしまいます。薬の期限が切れるおかげで愛が消滅します。そして二人は外の世界を振り返り、森を出て以前の生活に戻る決心をするのです。

媚薬の役割

三年間の期限が切れたまさにその日の二人の会話からは、もはや二人でいるゆえの幸福を感じることができません。王妃や騎士としての優雅な生活と森のなかでの惨めさを比べ、現在の境遇を嘆く言葉だけが聞こえてくるのです。

「ああ、神よ！　何という苦しみ！
今日で三年目、一日たりとも欠けぬ、
あのときから苦しまぬ日とてなかった、
日曜祭日も、また普段の日も。

わたしは忘れていた、騎士の努めを、
諸候に立ち交じる宮廷の暮らしを。
それが今は王国から追放され、
一切合財なし、銀栗鼠の毛皮もなく、
騎士たちの集う宮廷にも居合わせぬ。
神よ！　これ程わたしが罪深く振る舞わなかったら、
親愛なる伯父上はどれ程愛してくれたかも知れぬ！
ああ、神よ！　何という不運な成行きか！
本来なら今頃は王の宮廷にあって、
わたしについて騎士となるべく修業し、
その恩義に報いるために奉仕する
百人もの若い貴公子に囲まれているはず。
いっそどこぞ他の土地へと流れ、
武芸を頼りに奉公し、禄を食むべきだったか。
それにまた王妃のことで胸がいたむ、
壁掛けのある部屋の代わりに小屋をあてがった。
あの人は森にいる、本来ならば
お付きの女たちにかしずかれ、

絹の帳をめぐらせた美しい部屋に暮らせるのに。
わたしゆえに間違った道に入ってしまった。
この世の主であられる神に
ひたすらお願い申上げる、なにとぞ
伯父上に無事に伴侶をお渡しできるよう、
我に力と勇気を与え給え。」
（……）
彼女（イズー）もしきりに嘆く――「惨めな、不幸な女！
そなたは花の若さをどうしてしまった？
森にあっては、はしたない奴婢さながら、
ここでそなたに仕える者などいないも同然。
私は王妃、とはいえその肩書も
失ってしまった、海の上で、
私たちが飲んだあの毒のために。」

愛情が消滅してしまった二人の恋人はオグランに仲介役を頼み、森を出てマルク王と和解する決心を固めます。愛ゆえに苦しさも感じないとあれほど言っていた二人でも、媚薬の期限が切れてしまうと、その苦しさゆえに森の生活から逃れ、騎士と王妃の身分を取り戻そうとするのです。そしてイズーは王妃としてマルク王の宮廷にとどまり、他方トリスタンは王の決定によって追放の身となり、ブルターニュ地方に向かいます。そこで白い手のイズーと結婚しますが、最後は金髪のイズーを待ちながら死を迎えます。

このように見てくると、三年という期限つきの媚薬のもつ意味が明らかになります。それはまず、期限を区切ることで物語の展開を支えています。二人の恋人を森から出し、次の展開をうながす役目をはたすのです。しかしそれ以上に、媚薬の効果をはっきりと示す働きをしています。媚薬が作用している時には、苦しい生活のなかでも「不幸せではない」と口にしていた恋人たちが、媚薬が効かなくなった途端に惨めなありさまを嘆き始め、別れを決心します。このような劇的な変化は媚薬が原因なのです。

そこで聴衆は、すべてがこの媚薬ゆえだと納得するのではないでしょうか。罪深い愛、かかるべき破廉恥沙汰、邪な恋心、狂乱の恋、狂気、などなど、多くの言葉で繰り返されるトリスタンとイズーの情熱恋愛は、イズーの母親の調合した媚薬という「毒」が引き起こしたものなのです。二人に罪はなく、彼らは媚薬の犠牲者にすぎません。ベルールを代表とする「流布本系」の作者たちは恋愛をそのように解釈し、その犠牲となったトリスタンとイズーの身の上に聴衆の共感をえられるような物語を語ったのです。

3 女性への忠誠としての理性的恋愛——トマ版の恋愛観

これまで見てきたように、流布本系の物語のなかでは、トリスタンとイズーの恋愛は毒であり、狂気にほかなりませんでした。その同じ話を宮廷風恋愛物語系の作者たちはまったく別の恋愛観で語っていこうとします。そこで問題になってくるのが狂気をもたらす恋の媚薬です。ではどのようにして媚薬から毒性を抜き去り、恋愛を、理性にもとづく感情に変えようと試みたのでしょうか。

象徴としての媚薬

宮廷風恋愛物語系の作者トマは、媚薬を飲む前からトリスタンとイズーは愛し合っていたと考えます。薬はたまたま誤って飲んだだけで、彼らの恋愛は最初の出会いの時から生まれていたのです。白い手のイズーと形ばかりの結婚をしたあと、戦で傷つけられて毒に侵されたトリスタンは、友人のカエルダンに解毒剤を作ることができるのは金髪のイズーだけだから、彼女を連れてきてくれと懇願します。その言葉のなかに媚薬に関する言及があります。

今こそ思いだすように言ってくれたまえ、（……）

かつて彼女がぼくの傷を治してくれたあと、
ぼくらふたりの純粋な真の愛をもたらした
大いなる苦しみの数々を、悲しみの数々を、
さまざまな喜びを、さまざまな愛の証を、
海の上でぼくらが一緒に飲み、そのため
恋に捕われることになった飲み物を。

ここでははっきりと、媚薬を飲む前に純粋な真の愛が存在していたと言われています。トリスタンとイズーの恋愛は媚薬によるのではなく、彼ら自身の「自由」な選択によるものなのです。そこでは、媚薬は恋愛の永遠性を象徴するものととらえられています。注目すべきことに、トマの物語では媚薬に期限はつけられていません。だからこそ、その効果は永遠に続くと考えられるのです。二人が死にいたるまで、さらには死を越えてさえも恋愛感情が続く、その象徴が媚薬なのです。

真の恋愛とは

では、トマのトリスタンの言葉のなかで言われている純粋な真の恋愛とはどのようなものなのでしょう。宮廷風恋愛観によれば、それは臣下が君主に対して捧げるのと同種の忠誠にもとづいていなけ

ればなりません。精美の愛とは一人の女性に絶対的な忠誠をつくす恋愛です。トマの物語では、イズーに対するトリスタンの恋愛もそのような感情であることが理想とされます。

トリスタンの恋愛が宮廷風恋愛として描かれていることは、金髪のイズーを迎えにいったカエルダンの言葉から推測することができます。彼は友人であるトリスタンの恋人に向かってこう言います。

「奥方さま、これからお話しすることを
お聞きになって、しかと心におとどめください。
その手の中に彼の生と死を握る恋人、
憧れの奥方としてあなたに、
トリスタンはその恋人として、
愛と、奉仕と、挨拶をお届けします。
彼はあなたの忠実な臣下であり恋人。」

臣下である恋人の奉仕という概念は宮廷風恋愛にほかなりません。また、使われている用語（愛、奉仕、挨拶、忠実な臣下）も、精美の愛といわれるトゥルバドゥールの詩と対応しています。ですからこの引用は、宮廷風恋愛物語系の作者がトリスタンの愛をどのように提示しようとしたかを示す明確な例といえます。

恋愛の心理分析

宮廷風恋愛物語では、恋の描写とともに、恋愛の心理を細かく分析する部分もよく見られます。白い手のイズーと結婚するべきかどうか悩むトリスタンを描いた部分はそのような心理分析の典型です。トリスタンは結婚と恋愛の板挟みのなかで悶々と悩みます。心理的な葛藤をモノローグ的につづるこの部分は、トマとベルールを隔てる語り口の違いをはっきりと示していますので、少し長くなりますが六〇行ほどすべてを引用したいと思います。

トリスタンはイズーに見切りをつけて
愛を彼の心から取り除こうと考えた。
もうひとりのイズーと結婚することで、
この女（金髪のイズー）から解き放たれると思った。
そもそも、このイズーがいなかったら、
もうひとりをそれほど愛するはずがない。
けれども、イズーを愛したがために、

第二のイズーを愛する気になったのである。
それも、捨てる気になれないからこそ、
第二のイズーに欲望を抱いたので、
もしも王妃を手に入れられたら、
若い娘のイズーを愛したりはしなかった。
それゆえ、どうやら、言わなければならぬ、
これは愛でもなく、怒りでもなかった。
なぜなら、もしこれが至純の愛であったら、
恋人の意志に背いて、トリスタンが
その娘を愛したりするわけがない。
これらは正真正銘の憎しみでもなかった。
なぜなら、王妃への愛のために
トリスタンは若い娘を愛したのだ。
そのような愛のために結婚した以上、
これは従って憎しみではなかった。
なぜなら、イズーを心から憎んでいたなら、
愛のために別のイズーを娶る訳がなく、
もしも至純の愛でイズーを愛していたら、

第二のイズーと結婚するはずがなかった。
けれどもこの度起きたことは、
愛のために窮地に追い詰められ、
愛から解き放たれたいがため
愛に背く行動に走った次第なのだ。
苦悩から逃れようとして、
より大きな苦悩に沈みこんだ。
かようなことは多くの人の身に起きる。
愛を激しく望んで、苦悩、
大いなる苦悩、悲しみを抱えると、
それらから身を引き、解き放たれ、
仕返しをするための行動に走り、
かえって抜き差しならぬ羽目になる。
それに、熟考したあげくしばしば
憂いを招く行動に走ることがある。
また多くの人の身に起きたのを見た――
渇望するものを、最愛のものを
彼らが手に入れられぬとき、

手の届くものにすがりつき、
悲しみからの行動に走り、
そのため苦しみを倍加させるのを。
解き放たれることを欲しながら、
束縛から脱することができぬ。
このような行為、このような仕返しとは
——そこに見えるのは愛と怒りだ——
愛でもなければ、また憎しみでもない、
そうでなくて愛の混じった怒り、
あるいはむしろ怒りの混じった愛だ。
望むものが手に入らぬからといって、
自分が欲しないことをする者は、
真の渇望に反して欲望(肉体的欲求)を満たすだけ。
トリスタンのしていることは正にこれだ。
渇望に反して欲望にすがりつく。
イズーへの愛で苦しんでいるために、
別のイズーによって救われたいと望む。
そこで彼女を抱き締め、口づけを重ね、

その近親たちに熱心に頼み込み、
その結果、一同が結婚に合意した――
彼は娘を娶ることに、彼らは与えることに。

ここではっきりと「至純の愛」という言葉が使われ、トリスタンが金髪のイズーによせる愛がトゥルバドゥールによって開発された恋愛観によってとらえ直されていることがわかります。ベルール版では媚薬による盲目的な愛であると見なされていた感情が、ここでは宮廷風恋愛観に従って解釈し直されているのです。

欲望に対する恋愛の勝利

もしトリスタンの恋愛が宮廷風であるのならば、それは理性に従った、洗練された恋愛であるはずです。恋愛とは盲目な欲望ではなく、欲望を越えたより精神的な感情でなければならないのです。白い手のイズーは結婚式のあと、トリスタンと新床に入り夫婦としての証を立てようとします。しかし、金髪のイズーを愛している夫は欲望に身を任せることができません。その欲望に負けることは、金髪のイズーに対する愛情を否定することにつながるからです。

トリスタンは寝る、（白い手の）イズーは彼を抱き、
その唇にまた顔に口つけをして
ひしと抱き締め、胸の奥から溜息をつき、
彼の欲しないことを望むのであった。
快楽を諦めるも味わうも
共にトリスタンの意に反する。
彼の本性は自然の姿で現われることを望むが、
理性は（金髪の）イズーに忠実でありつづける。
彼が王妃に抱く渇望は
娘に抱く欲望を奪い去る。
渇望は欲望を彼から奪うため、
本性は力を及ぼせない。
愛と理性が彼を束縛して、
肉体の欲望にうち克つのだ。
イズーに抱く大いなる愛が
本性の欲望を奪い去り、
渇望なくして心に抱いた
欲望にうち克つのだ。

娘と行為する欲望はあった、
しかし愛が彼を引き戻す。
彼女が美しいと知り、
快楽を望み、自分の渇望を憎む。
王妃への大いなる渇望がなければ、
欲望に同意できるではないか。
が、彼の同意するのは大いなる渇望。
そこで彼は苦痛と責苦を、
深い物思いと大いなる苦悩を覚える。
分からぬ、いかにして自制しうるか、
妻に対していかに振る舞うべきか、
いかなる口実で本心を隠すべきか。
とはいえ、すでにいささか恥を覚え、
自分の欲したものから逃れる、
これ以上喜びを味わうことがないよう
快楽を避ける、それから逃れる。

トリスタンが自然な欲望にうち克つのは愛と理性のおかげです。つまり、彼が金髪のイズーによせる感情は理性的な愛情だということを意味しています。貴婦人を愛する若者は、その愛によって自己を浄化し、より高い存在になるよう希求します。そのことは恋愛の対象となる貴婦人を選ぶ場合にも関係してきます。相手の価値を理性的に判断し、そのうえで恋愛を捧げなければなりません。このような愛は、ベルールによって示された「狂乱の恋」の反対に位置する「精美の愛」にほかなりません。トマとベルールは同じ物語を語りながらも、別の恋愛概念にのっとり、まったく正反対の恋愛のあり方を描き出そうとしたのです。

4 情熱恋愛と理性的恋愛の永遠の対立

アクロバチックなアレンジ

しかし、「狂乱の恋」を理性的な「精美の愛」の物語に変換するというのはかなり無理のある作業です。その点に関して、フランス中世文学を専門とする新倉俊一は次のように解説しています。「流布本系統では、この媚薬の服用によって、トリスタンとイズーは電撃的な宿命の恋に陥った。そして、媚薬には圧倒的な効力を発揮する期限がつけられる（ベルールの場合は三年、アイルハルトの場合は四年）。一方、騎士道系統では、服用以前に、すでに、ふたりの間には好意がめばえており（ただし、積極的なのはイズーのほうであった）、媚薬は恋心を顕在化し、決定的ならしめるものであって、従って当然のことながら、効力に期限をつけていない。そもそも男女の自由意志に基づく主体的選択が要件であり、慎み深く振舞い、数々の障害を乗り越えて恋の成就を目指すのが、宮廷風恋愛の理想であるから、制御不能の情熱恋愛を扱ったトリスタン物語は本来異質のものであった。このため、騎士道系統の作者は、かなリアクロバチックな操作を余儀なくされ、繊細な、しばしば見事に繊細な心理描写に活路を見出すことになろう」（「剣――伴侶そして分かつもの」）。

実際にトマのアレンジは「アクロバチックな操作」というよりほかなく、必ずしも成功したとは言えません。「トマの『トリスタン』はところどころある種の野蛮さ（イズーとブランジャンの口論）を残してそれを締め出すまでにはいたらない異教的作品である。したがってこの作品におけるクルトワジー（引用者注：雅やかさ）の影響はまだまったく不十分なものである」（ドミニック・ブーテ他『中世フランス文学入門』）。ここでイズーとブランジャン（ブランガン）の口論といわれているのは、カエルダンを恋人として与えられたブランガンが、誤解してカエルダンを恋人に値しないつまらない人間だと信じ込み、そのためにイズーを激しく攻撃する場面のことです（ただしこの部分を物語るトマの断片は残されていません）。確かにここでブランガンはイズーを罵倒し、彼女の不倫をマルク王に告げ口するところまでいってしまいます。

非理性の愛

上で語られる「野蛮さ」が宮廷風恋愛観と異質であるというだけではありません。ここでの二人の激しいやり取りのなかで示されている恋愛観は精美の愛とはほど遠いものです。トマの語るトリスタン物語のなかでも、ブランガンはトリスタンとイズーの愛を非理性的な狂乱の恋だと公言します。たとえば、イズーの身代わりになってマルク王の床に入ったことの恨みを言うときの言葉です。

「あなたのために生まれた国をすて、
それから、あなたの狂った愛のために、
奥方さま、乙女の花を散らしました。」

彼女はまた、イズーが狂乱の恋にばかり夢中になり、奥方の義務であるマルク王に対する愛をなおざりにしていると非難します。

「あなたは恋にばかり入れ揚げてこられて、

名誉の何たるかをお忘れになっている、
狂った恋に打ち込んでこられたから、
一生それを止めることにはなりますまい。」

これらの言葉は、トリスタンとイズーの愛が宮廷風恋愛に一致する理性的な恋愛ではなく、もっと荒々しい宿命の恋であるという認識を示しています。そして、ブランガンの非難に答えるイズー自身も、彼らの愛が狂気の沙汰だと認めます。その上で、愚かな行動をとらないように引き止めるのが侍女の役目であって、ブランガンはその役目を怠ったと逆に彼女を責めさえします。

「そなたの同意がもしなかったら、
トリスタンと私が狂気の沙汰に走れたはずがない。(……)
そなたは王様に嘘を並べて、
私たちを狂った恋に引き止めた。」

ここでイズーは自分の恋が狂気だったと認めています。ですから、トリスタンとイズーの愛を「至純の愛」として解釈しなおそうとしたトマの試みがここでは破綻していることがわかります。確かにトリスタンが白い手のイズーと結婚するときの内的な葛藤を描いた場面では、それは成功したかもしれません。肉体的な欲望と全人格的に相手を愛する感情が区別され、金髪のイズーへよせる至純の愛が理性によって勝利をおさめる過程が克明に描かれていました。しかしブランガンと激しく言い争う場面では、二人の愛は狂気の沙汰であると考えられているのです。

このような矛盾こそ、トマのトリスタン物語を宮廷風恋愛物語の恋愛観から遠ざけているものにほかなりません。言い換えればこの部分でトマの物語は恋愛の観念に関する限り破綻をきたしているのです。ここでは、トマ版の恋人たちも、ベルールの恋人たちと同じように、情熱恋愛のとりこになっています。

トマは、トリスタン物語を完全に宮廷風恋愛物語に転換することができなかったと言ってもいいのではないかと思います。実際、トリスタンとイズーの恋愛はやはり非理性的な愛であり、人を破滅させるほど激しい情熱として人々の胸にとどまり続けます。

十二世紀に発明された精神的な恋愛感情は確かに現在の私たちの恋愛観と多くの部分で重なります。しかし他方で、身を滅ぼす激しい恋愛——情熱恋愛——も連綿と続いています。トリスタン物語はそのどちらの恋愛観の表現も可能にする魅力的な物語だといえます。

第8章……完全なる恋愛——クレチアン・ド・トロワ『ランスロあるいは荷車の騎士』

クレチアン・ド・トロワは、その名前の通り、トロワにあるマリー・ド・シャンパーニュの宮廷で活躍した中世フランス最大の作家です。トロワの地は第5章でも見てきたように愛の宮廷が主催された宮廷風恋愛の中心地ですから、クレチアンも当然のごとく恋愛をテーマとして扱っています。ところがおもしろいことに、彼は不倫関係の恋愛ではなく、夫婦愛を描くことに熱心でした。

彼のアーサー王物語の第一作『エレックとエニッド』で、騎士エレックは妻への愛におぼれ武勇の道をないがしろにしたと非難され、その汚名をそそぐために妻を伴って旅に出、名誉を回復します。第二作『クリジェス』はトリスタン物語を下敷きにしていますが、ドイツ皇帝の娘フェニスとおじマルク王との不倫関係は解消され、クリジェスとフェニスの間に理想の夫婦愛が実現します。第四作『イヴァンまたは獅子を連れた騎士』になると、戦いの末に愛する乙女ローディーヌと結ばれたイヴアンは、結婚によって騎士の誉れをおとしめたと言われたくないばかりに遍歴の旅に出ます。その際に、一年後に戻ってくると妻に約束しますが、それを違えてしまいます。そのためにローディーヌは怒り、イヴァンは狂気の状態に陥ります。その後、遍歴の旅を続けながら再び立ち直り、最後は妻の許しを勝ち得ます（ジャン・フラピエ『アーサー王とクレチアン・ド・トロワ』）。マリー・ド・フランスのレーを検討した際に見たことですが、十二世紀の後半になると、結婚にいたる恋愛の物語が次々に生み出されるようになってきます。

それは、キリスト教の論理が騎士の論理に対して勝利を収めつつあったことを意味しています。キリスト教では不倫は許されません。そこで宮廷風恋愛の作者たちは、キリスト教的な論理に合わせて恋愛の物語を語る必要がでてきました。おもしろいことにクレチアン・ド・トロワとは、トロワのキリスト教徒という意味です。彼の最後の作品は聖杯（グラール）探求の物語『ペルスヴァルまたは聖杯の探求』ですが、その聖杯がケルト起源ではあっても、キリスト教の聖体拝領の儀式を思わせる聖なる儀式を連想させます（ジャン・フラピエ『聖杯の神話』）。

こうしたなかで、第三作の『ランスロあるいは荷車の騎士』だけが、不倫の恋愛を描いた物語です。ランスロとアーサー王の王妃グニエーヴルとの恋愛は、同じマリー・ド・シャンパーニュの宮廷で活躍したアンドレ司祭の『恋愛術』として集大成された宮廷風恋愛の規則にのっとり、恋愛の三角関係のなかで展開します。完全なる騎士ランスロは敬虔なキリスト者であり、理想の恋人でもあります。

この物語のなかでクレチアンは、不倫と結婚の矛盾を矛盾として描かず、焦点を臣下の君主（意中の貴婦人）に対する絶対的な服従というところに置きます。そのようにして完全なる騎士の姿を描き出したのです。

冥界への旅と王妃の救出

『ランスロあるいは荷車の騎士』は、アーサー王の宮廷から王妃グニエーヴルが誘拐され、ゴール国という「決して帰ることのできない国」に連れて行かれるという出発点からして、冥界下りの物語であることがわかります。ギリシア神話のオルフェウスが妻のエウリディーチェを地獄に探しにいくように、ランスロは奥方探求の旅に出、最後は奥方をアーサー王の宮廷に連れ戻すことに成功します。こうした大きな枠組みのなかで、クレチアン・ド・トロワはランスロとグニエーヴルの恋愛を精美の愛として描き出していきます。ちなみに、物語の冒頭に置かれた「プロローグ」のなかで、彼はその「主題」と「構想」はシャンパーニュ伯家の奥方、マリー・ド・シャンパーニュから示されたとしています。

ではこれから『ランスロあるいは荷車の騎士』のあらすじをたどっていきましょう。

1 ランスロのストーリー

あらすじ

王妃の誘拐と探索

キリスト昇天の大祝日、アーサー王の宮廷に荒々しい騎士が現れ、もしその騎士の国の牢獄に捕らえられている人々を解放して欲しければ、自分に決闘を申し込むように挑発する。しかし、挑戦者が負ければ王妃グニエーヴルが連れて行かれるというものであった。みなが尻込みするなか、家令のクーが無謀にもその戦いに挑む。もちろん、その結果は明らかで、王妃は誘拐されてしまう。その時、騎士のゴーヴァンがクーと王妃のあとを追って出かける。その途中、汗ぐっしょりのある一人の騎士（ランスロ）に出会う。ランスロも王妃の探索にはせ参じているのだった。ランスロは王妃の行く先を知るべく、荷車を引いた小人に出会う。すると小人は、荷車に乗ればそれを知ることができると言う。しかし、当時荷車は悪人を乗せる晒し台として使われていて、それ以上の恥辱はなかった。ランスロは二歩歩く間躊躇するが、結局は王妃の行方を知ることを優先させ、辱めを覚悟で荷車に乗ることになる。

ランスロとゴーヴァンはその夜ある天守閣のある建物で一夜を過ごす。そして、真夜中に炎の槍の攻撃を受けるが、なんとかその試練をくぐり抜ける。翌朝、天守閣の窓から、奥方とクーが大男の騎士に連れられていく姿を目にする。

ランスロとゴーヴァンは王妃のいたあたりに急ぐが、王妃の一団に追いつくことはできなかった。そこから少し先に進むと一人の乙女に出会い、略奪者がゴール王の息子メレアガンであり、「決して帰ることのできない国」に行くためには、二つの道があると教えてもらう。一つは「水中の橋」であり、もう一つは「剣の橋」。どちらも同じように危険な道だが、ゴーヴァンは水中の橋を選び、ランスロは剣の橋につながる道を選ぶ。

冒険の旅

ランスロが愛の神にとらえられ物思いにふけっているとき、浅瀬を守る騎士が現れ、決闘になる。その騎士を打ち破ったとき、乙女が現れ、騎士を救ってくれるように慈悲を願う。もちろんランスロはこの求めに応じる。

次の冒険は乙女の誘惑で、ある乙女が一夜の宿を提供する条件として一夜をともに過ごすように申し出る。そして、彼は一つのベッドに入ることになるのだが、ランスロは王妃への愛のために乙女に指一本ふれることなく過ごす。

その乙女とランスロはともに出発し、石の段のところで金髪の挟まった櫛を見つける。その髪は王妃のもので、ランスロは金髪を櫛から抜き取り、自分の心臓の辺りに押し込む。

さらに道を進んで行くと、今度は乙女の求愛者と名乗る騎士が現れ、彼女を手に入れるためにランスロと戦おうとする。しかし、その騎士の父親は息子のうぬぼれを戒め、戦いをやめさせる。

次に、乙女とランスロがある修道院に到着する。そこにはさまざまな墓石があるが、一番立派な墓石は、それをただ一人で持ち上げる者こそ「何人たりともそこを出ずる能わざる国の男女を問わず、囚われ人を解放すべき者なり」と記されている。ランスロはそれを軽々と持ち上げるという奇跡を行う。つまりこれはランスロ自身の墓であり、その墓石を持ち上げたということを意味している。

さらに進んで行くと、今度はログル王国の人々が捕らえられている地方に入っていくことになる。「石の隘路」と呼ばれているところで、そこを守っている騎士と戦い、ログル王国の人々を勇気づける。ランスロがゴール王国に向かって進むにつれて、アーサー王の国の囚われ人たちは反乱を起こすようになるのである。そこでランスロは、「流謫と不幸な境遇から救い出して下さる方」とみなされる。

次に立ち寄った館で夕食をしていると、ある騎士がやってきて、荷車に乗ったことのある騎士が「剣の橋」を通ろうとするなどは図々しいといって、ランスロを侮辱する。当然ランスロが勝利を得ることになるのだが、その時、敗れた騎士は慈悲を請う。その時に、ある乙女が姿を現し、騎士の首をくれるように要求する。そこでランスロは、乙女の望みに気前よく答えたいという気持ちと、慈悲を願う浅瀬の騎士に応じる騎士としての務めの間で葛藤することになる。そして、結局は、もう一度その騎士と戦うことで、二つの騎士の務め——気前のよさと慈悲——の間の折り合いをつけることにする。

そして、とうとう剣の橋に到着する。橋に架かっている二本の剣の刃は鋭利に鍛え抜かれている。また向こう岸には巨大な獅子のような怪物がつながれているように見える。しかし、ランスロは、手足の防具を脱ぎ捨て、愛の神に導かれ、体を血まみれにしながら、やっと対岸にたどり着く。そして、怪物が実は魔法によって作り出された幻影であることを知る。こうしてランスロは、数々の試練を経て、王妃が幽閉されているゴール国に到達する。

愛の成就と王妃の帰還

ゴール国の王ボードマギュはグニエーヴル王妃をランスロに返すように息子メレアガンを説得しようするが、傲慢なメレアガンは同意せず、ランスロとの決闘が行われる。その戦いを制したランスロは、とうとう王妃と面会することができる。

その時王妃はランスロを完全に無視し、一言も答えずに自分の部屋に引きこもってしまう。絶望したランスロは、ゴーヴァンを探すために出発するが、捕らえられ行方不明になる。彼の死の噂を耳にした王妃は自分の行いを悔い、嘆き悲しむ。他方、王妃が衰弱し、死んだという噂を耳にしたランスロも、自殺を図る。しかし、二つの噂はどちらも間違いだということが二人の耳に届く。このようにして二人の恋人は再会し、愛の一夜を過ごすことになる。

ただし、その時に、ランスロは二人を隔てる窓の鉄格子を手で折り曲げたために出血し、王妃の床に赤い血の痕跡を残してしまう。その時に家臣のクーの傷口もまだ開いたままで、出血していた。そのためにメレアガンはクーとグニエーヴルが不倫の関係にあると告発する。ランスロが再びメレアガンと決闘しグニエーヴルの身の潔白を証明する。

その後、ランスロは再びゴーヴァンを探しに出かけ、水中の橋の近くまで来たところで、小人の策略のために捕らえられ、幽閉されてしまう。ランスロを探す人々は、水中の橋で試練に失敗しているゴーヴァンを発見、彼を救い出す。そしてゴーヴァンがゴール国から王妃グニエーヴルを連れ、アーサー王の宮廷に帰還することになる。その時にゴーヴァンは、王妃を救出したのはランスロの手柄であることを正直に語り、王はランスロの不在に心を痛める。

グニエーヴルが宮廷に戻ってきたあとで、夫を失った婦人たちが相手を見つけるために騎馬試合を開催する。ランスロはメレアガンの家令の牢獄に幽閉されていたが、その噂を聞き、家令の奥方に必ず戻ってくるからと約束し、牢獄を抜け出す。そして、騎馬試合にこっそりと臨む。グニエーヴルは

図8●ランスロの生涯からのいくつかの場面
Scènes résumant la vie de Lancelot : BN, fr. 117, fol. 1, *Lancelot-Graal*, xiv^{e}s.

ランスロが赤い甲冑を着て登場することを知り、召使いの乙女を使い、自分の騎士に「できるだけまずくふるまうように」と命令する。完全なる恋愛の騎士ランスロはその命令に従い、ぶざまなようすを見せる。翌日も同じようにふるまう騎士を見て、王妃は次に華々しく戦うように命令する。その命令もすぐに実行される。こうして勝利を手にしたランスロは、家令の妻との約束を守るために再び牢獄に戻る。

クレチアンの手にならない結末

理由ははっきりしませんが、クレチアン・ド・トロワは物語の続きを書くことをやめ、最後の部分の執筆はジョフロワ・ド・ラニーという学僧に任されました。彼のつけ足した結末は以下のようなものです。

騎馬試合から一年後、メレアガンがアーサー王の宮廷に再び現れ、ランスロとの決闘の約束をはたすように要求する。同じ時、牢獄のランスロはメレアガンの妹によって助けだされる。彼女は以前に騎士の首を要求した女性だった。そしてランスロはアーサー王の宮廷に戻り、決闘の末、メレアガンを打ち倒す。

このように『ランスロあるいは荷車の騎士』の物語をたどってみると、それぞれのエピソードに騎士道精神を彩る意味が込められていることがわかります。ここではそのなかから、理想の騎士像とクレチアン・ド・トロワが提出した恋愛の概念の新しい側面に関して考察していきます。

2 理想の騎士像

完全な恋人であるためにはまず、正しい騎士でなければなりません。封建制度のなかで君主に対して忠実な家臣であることと、愛する貴婦人に絶対的な愛の奉仕を捧げる騎士であることは完全に対応しているのです。女性に対する洗練されたふるまいも、荒々しい騎士の論理が女性に対する態度と重なったところから生まれてきたのだと考えられます。

クレチアンはランスロを通して正しい騎士道精神を浮き彫りにするだけではなく、家臣のクーや、最大の悪役メレアガンを通して誤った行動も例示します。悪い態度の典型は思い上がりであり、君主に対する不服従、裏切りなどです。他方、正しい騎士の条件としては、武勇に優れているだけではなく、寛大さ、ていねいで礼儀正しい態度、慈悲の心、名誉を重んじる態度などが求められます。そしてそうした精神を持った騎士は、外面的にも美しい騎士として描かれます。

傲慢さと不服従

騎士道精神に反する態度として最初に出てくるのは傲慢さです。アーサー王の宮廷に突然姿を現した無骨な騎士の挑発に対して、家令のクーが王妃を賭け決闘に応じようとします。その時の人々の反応は次のようなものです。

> 宮廷中の人々も皆このクーの要求が思い上がった心から生まれたものであり、身の程知らずで無分別もはなはだしい、と言い合った。
> （「一　強いられた約束」）

この引用からわかることは、どんな無理なことにでも果敢に挑戦することが美徳と考えられているのではなく、自分の力を遥かに超えたことを可能だと考えることは、傲慢だと見なされるということです。実際にクーは決闘に敗れ、王妃は誘拐されてしまいます。

もちろん『ランスロあるいは荷車の騎士』のなかでもっとも悪い騎士として描かれるのは、王妃をさらっていったメレアガンです。彼の父でありゴール国の王であるボードマギュは名誉心や善意をもつ立派な王なのですが、息子はその正反対な存在として描かれます。二人が最初に明確な形で登場するのは、ランスロが剣の橋を渡るのを見ている場面です。そこでメレアガンは次のように紹介されます。

その傍らには、ことあればいつも父王とは逆のことばかりをしていたその息子が（それというのも彼には裏切り行為が性に合っていて、卑劣な行為や裏切り行為を飽きもせずに繰り返していた）立っていた。

（「十四　ボードマギュとメレアガン」）

この息子の最大の悪徳は、王であり父であるボードマギュの命令に従わないことです。まず王は息子にこう忠告します。

息子よ、そちのその依怙地なところさえなかったら、そちもみやび男の仲間入りができるというものだが。わしはそちがもっと穏やかにふるまってほしいのじゃ。

（「十四　ボードマギュとメレアガン」）

こうした忠告に対してメレアガンはこう答えます。

父上の申されることはわたくしにはどうでもよいのです。わたくしは坊さんのように世捨て人の気分にもなれませんし、またこの世で一番好きな女を彼奴めに譲ることを名誉なことと思うほど、慈悲心、同情心も持っておりません。

（「十四　ボードマギュとメレアガン」）

ここでは、不服従の罪を犯しているだけではなく、慈悲や同情の心——これも立派な騎士には欠かせないものです——もありません。確かに彼の武力は秀でており、ランスロを除いては彼に挑戦できるほどの騎士は存在しないほどです。しかしそれだけでは立派な騎士とはいえません。

騎士道的徳

メレアガンに決闘で三度勝利するランスロは、完全な恋人というだけではなく、最高の騎士道を体現している騎士でもあります。ボードマギュは彼を「全き徳の騎士」と呼んでいます。クレチアン・ド・トロワはランスロの美徳を描くことで、騎士道精神の理想を描いています。その美徳はさまざまな側面を持っています。寛大であること、気前がいいこと、ていねいで礼儀正しいこと、慈悲の心、名誉を重んじる態度などです。そうしたなかで女性に対してどのようにふるまうべきかも記されます。

その頃、姫君や少女が供も連れずに一人で旅をしているのに出会ったときには、騎士たるもの、自分の名声を墜としたくなかったら、彼女たちを丁重にもてなし、礼儀にもとるようなことをするくらいなら喉掻き切って死ぬほうがまし、というのが仕来りでもあり義務ともなっていた。もし女を力づくでわが物にしようとすれば、永久に宮廷から追放されることになったであろう。（「七　王妃の櫛」）

騎士たるもの、決して礼儀を欠くふるまいをしてはいけませんでした。宮廷からの追放はある意味では騎士としての死を意味します。トリスタンとイズーのモロアの森への逃避行を思い出してください。

慈悲に関しても、クレチアンはトマの『トリスタン物語』と匹敵するような心理分析を行っています。とある森のはずれにある騎士の館に泊まっているとき、猛々しい騎士がやってきて、荷車に乗ったことのある輩が剣の橋を渡ろうと思うことなど身の程知らずだとランスロを挑発します。二人は決闘をし、打ち負かされたその騎士はランスロに慈悲を請います。そこに見知らぬ乙女が現れ、騎士の首を要求します。気前よくその乙女の望みを叶えることも騎士の大切な条件です。こうしてランスロは、慈悲と気前のよさの間で板挟みになってしまいます。

そこで件の騎士（ランスロ）はどうしたものかはたと困り果てて、思案をすることになった。例の騎士の首を撥ねるようにしきりと責める女に首を与えたものか、それとも彼を哀れと思い慈悲をかけてやったものか。彼はそれぞれに願いの筋を叶えてやりたかった。持ち前の気前のよさと慈悲の心は二人の願いを共に叶えてやるように命じる。しかし乙女に首を渡してやれば慈悲の心が打ち負かされることになり、渡さなければ気前のよさが敗北を喫することになる。慈悲心と気前のよさが騎士をこのような牢獄へ、袋小路へと追いつめ、こもごも彼を責めさいなむ。乙女は自分が求めている首を渡すように要求するし、他方は騎士の慈悲心と気高い心に訴えて慈悲をたれるようにと願うのであった。

（「十二　高慢な騎士」）

騎士道が要求する慈悲と気前のよさという二つの美徳の間に挟まれてランスロは葛藤します。こうした心理分析は十二世紀後半の宮廷に初めて現れる特徴的な語り口であると考えられます。恋愛心理の深まりとともに、複雑化した心の動きをとらえる文体も生まれてきたのでしょう。

同様に、騎士道精神にのっとった物語は正しい騎士の姿がどのようなものであるか教える手引きとして役立ちました。『ランスロあるいは荷車の騎士』のなかでも、ゴール国の王ボードマギュは、非道な息子に諭す形で正しい騎士の心得を説いています。

息子よ、武勇に優れたる物は皆、同じ名誉を担っている者には敬意を表し、その者のために尽くし、その友となるように心がけなければならないのじゃ。

良い心はへりくだり、愚か者や思い上がりは自分たちの愚かさから抜け出すことはできないとはまことじゃ。

（ともに「二三　ボードマギュの説得」）

これらの言葉からは、名誉や敬意、へりくだった心なども騎士の心得であったことがわかります。アーサー王の宮廷の華である騎士ゴーヴァンももちろん徳のすべてを持ち合わせているわけですが、ランスロは同じ美徳をより高い次元で実現しているとされています。そしてそれは彼が「完全な恋人」であったからです。

3 完全なる恋人

十二世紀フランス文学のなかで、恋愛をする男性の究極の姿はランスロのなかに表現されているといっても過言ではありません。彼は恋愛の神に仕える騎士であり、物思いにふけり、我を忘れ、愛する人のためであればどんなことでもいといません。ランスロを特徴づけるもっとも大きな特色は、愛する女性に対する絶対的な服従です。彼は騎馬試合でわざとぶざまにふるまうようにという王妃の命令にも進んで応じるほどです。そして、恋愛の奉仕の究極の形は「荷車に乗る」という不名誉な行為をあえて行うことによって表されています。

肉体的愛と心の恋愛

宮廷風恋愛が決して肉体関係を否定しているわけではないことはすでに見てきました。『ランスロあるいは荷車の騎士』でもランスロはグニエーヴルと一夜を過ごします。しかし恋愛とは心の問題であって肉体的な問題ではないことは、「乙女の誘惑」と名づけられた挿話のなかではっきりと示されます。宿泊先を探していたランスロは美しい乙女と出会います。彼女は最初から、「あなたさまがわたしと寝所をともにするというお約束でお泊めする」のだという提案をします。宿を求めてしぶしぶあとをついていったランスロは、彼女が城の部屋で騎士たちに襲われているところを助け、その後寝所をともにすることになってしまいます。しかし、王妃への恋愛のため、彼は乙女に指一本ふれようとはしません。

乙女がいかに美しく魅力に溢れていようと、心が承知しないのだ。誰の眼にも美しくて好ましいものでも、彼には全く魅力がなかった。騎士は心を一つしか持っていなかったのであるが、それも今は他人に貸し与えて、もはや自分の自由にはならないので、彼はもはや心を他に向けることはできないのだ。すべての心を自由に操る愛の神が彼の心を引き留めているのだ。すべての心だって、いや、愛の神に選ばれた心だけだ。

（「六　乙女の誘惑」）

ここでは明らかに肉体的な欲望と恋愛という感情が対比させられ、恋愛とは心の問題であるという点が強調されています。これまで本書を通してずっと見てきた新しい恋愛観がクレチアンによっても確認されます。

そのことは、ランスロとグニエーヴルが愛の一夜を過ごす場面でも見て取ることができます。ここでクレチアンは、トリスタンがイズーのベッドに飛び移る際に足をけがしていたためにあたりが血で濡れるエピソードを下敷きにしたようです。密会のためにランスロが窓の格子を引き抜くとき、彼は指を血まみれにしてしまいますが、それに気づかないほど没頭しています。そして、「望めるだけのものはすべて手に入れる」ことができます。そして翌朝、彼が部屋を立ち去る時、次のような印象的な言葉が記されます。

肉体は立ち去っても心は残る。

（「十八　愛の一夜」）

たとえ肉体的に結ばれようとも、恋愛の本質が心にあることがこのようにして明示されます。

二歩のためらい

ランスロの恋愛がどれほど真実なものか示すために使われているのが荷車です。『ランスロあるいは荷車の騎士』のなかでのその使用法はたいへんに巧みです。物語の冒頭でランスロは一瞬荷車に乗るのをためらいますが、それが後々大きな意味を持ち、物語の展開をより興味深いものにします。

誘拐された王妃の探求に向かうランスロは王妃の行方を知るために小人の引く荷車に乗ることになります。クレチアンはその際に荷車について詳しい説明を加えています。それは、謀反人や人殺し、泥棒や追いはぎ、社会ののけ者になり宮廷でも相手にされなくなった人々を乗せて、市内を引き回すための晒し台として使われていたのです。同じように荷車に乗るように言われた騎士の華ゴーヴァンや、ランスロに打ち負かされて慈悲を請う騎士でさえ、荷車に乗ることは拒否します。それにもかかわらず、ランスロは王妃を救うために小人の提案を受け入れます。

しかし、この時、彼は二歩だけ、荷車に乗るのをためらいます。そのためらいが後に彼を絶望の淵に陥れることになります。

このためらいの場面で興味深いのは、荷車に乗るか乗らないかの葛藤が、理性的な判断によるものと説明されていることです。愛のために荷車に乗ることは、ゴーヴァンにとっては狂気の沙汰です。確かに、分別を働かせた場合には、「恥辱ともなり非難の的ともなりかねないようなことはなにもしてはならない」ということになります。

しかしこのようなことを敢えて言い出す分別というのは心にではなく口唇に陣どっていたのである。しかし愛の神は心の中に立てこもり、騎士に対して早く荷車に飛び乗るようにとすすめ、命ずるのであった。

（「三　荷車の冒険」）

ここで言われていることは、恋愛とは理性的な判断をさらに越えた感情だということです。それはふつうの人間には狂気と見えるかもしれませんが、実は理性を越えたより高い次元の感情とされます。とすれば、ランスロのためらいは、彼が理性的な分別の次元から、恋愛を通したより高い次元に高められる際の躊躇であったとも考えることができます。

王妃の非難

王妃の救出に成功したランスロは、意気揚々と王妃の前に進み出ます。しかし、王妃は冷たい態度でランスロに接し、すぐに隣の部屋に引き下がってしまいます。絶望したランスロは戦におもむき、彼が死んだという噂が広がります。そのために王妃はひどく心を痛めます。そして、ランスロと面会した時のことを思い出し、後悔します。その際に王妃は自分の行動の理由をこのように説明します。

わたしはほんの戯れのつもりだったのですが、あの方はそうは思わないで、わたしの仕打ちを許すことができなかったのですわ。

（「十七　ランスロの絶望」）

他方、ランスロの方は、荷車に乗ったことが王妃の気に入らなかったのではないかと推測します。

きっと王妃さまは、私が荷車に乗ったことを御存じだったのであろう。あの方が私を非難されるとしたら、そのことを措いてはない。あれが仇となったのだ。王妃さまが、あのことのためにわたしを疎ましいと思うようになられたとしたら、おお神よ、いったいあれがどうして過ちになったであろうか。愛の神の意を体した行為ならどんなことでも非難にあたいしないはずである。それどころか意中の婦人のためにすることは何ごとであれ、愛の行為、雅びごとなのだ。（……）あの方は、わたしをまことの愛の人と呼ばれてもよかったはず、あの方のために、愛の神が命ずることはなんでもすることが、私には名誉なことと思われたのだから。たといそれが荷車に乗ることであっても。あの方はそれを愛の証と解釈なさるべきだった。（……）愛の神が命ずるがままに行なう者は自らの価値を高めてゆき、何をしても許されるが、その命に従おうとしない者は堕落してゆくのだ。

（「十七　ランスロの絶望」）

ここでランスロは王妃のつれない態度の理由を荷車にあるのではないかと推測しながら、しかし愛の神の命令に従う行為こそが正しいという考えにいたっています。狂気の沙汰に見える行為でも、それが至純の愛から来るのであれば、自分の価値を高めることにつながるからです。
では王妃は本当に荷車に乗る行為の意味を理解していなかったのでしょうか。二人の死の噂のあとで再会したときに、グニエーヴルは本当の理由を明かします。

あなたが荷車に乗るとき、二歩を行くほどの時間ためらっておられたのは、荷車にはいやいや乗ったということです。それがあなたに声もかけず、顔も見ようとしなかったまことの理由です。
（「十八　愛の一夜」）

愛の神の命じることを、現実的な理性のせいで二歩ほどためらったこと。その過ちを補うことができたとき、ランスロは愛の神の信者として、「完全なる恋人」となることができたのです。

精神性の純化

第7章の『トリスタン』のなかでは情熱恋愛は狂気とされ、宮廷風恋愛の概念に完全に同化することはありませんでした。他方、『ランスロあるいは荷車の騎士』では二つの恋愛の概念が統合され、恋愛の狂気こそはより高い次元の理性であると暗示されます。そしてそれが人格を高める秘密として作用するのです。

ボードマギュは剣の橋を渡り、疲れ果てたランスロに関して、次のように言います。

あの騎士はここへ物見遊山のためでも、弓を射たり、狩りをするためにまいったのではない。名誉を求め、騎士としての価値を高めるためにまいったのじゃ。（「十四　ボードマギュとメレアガン」）

騎士としての価値を高めることは、人格の向上をうながすことにつながります。この次元では、アーサー王の宮廷でもっとも優れている騎士と言われるゴーヴァンも同じように優れた騎士だと考えられます。それは理性的な判断によって到達できる美徳です。

しかしゴーヴァンは荷車に乗ることは狂気の沙汰だと考え、ふつうの理性の枠内にとどまります。それに対して荷車の騎士ランスロはあえて狂気を実践します。その際、メレアガンのような悪い狂気ではなく、恋愛の神の命令に従い、意中の婦人のためにはどんな愛の奉仕もいとわないという献身的な狂気を実践します。

ランスロはノアウツで行われる騎馬試合で、彼の服従がどれほどのものであるか行動で示します。王妃が「できるだけまずくふるまう」ように命令すれば喜んでその命令に従い、できるだけ立派に戦うように言われればそのようにします。そして次のように使者の乙女に答えます。

お妃さまのお気に召すことなら、わたくしにとって嫌なことは何一つありません、お妃さまの喜びは何ごとであれわたくしの喜びです、とお伝えください。
（「二一　ノアウツの騎馬試合」）

この言葉はランスロが完全なる恋愛の騎士であることを証明しています。彼は恋愛という、理性を越えた高次の感情によって、愛するグニエーヴルに絶対的な帰依をし、そのことによって騎士のなかでも最高の騎士に位置づけられたということができます。

このように見てくると、クレチアン・ド・トロワが荷車の挿話を通して恋愛を単に理性的なものからさらに高次元の感情へと変容させることに成功したことが理解できます。宮廷風恋愛の精神性が心と体の対立を越えて、さらに純化されたのです。『ランスロあるいは荷車の騎士』はその過程を見事に描き出しています。

おもしろいことに、彼の作品の舞台となっているのはイギリスのアーサー王の宮廷です。マリー・ド・シャンパーニュの母であるアリエノール・ダキテーヌがイギリスに渡ったあと、アングロ・ノルマンの文化がフランスに流れ込んできた痕跡が残されていることがわかります。『ロランの歌』の背景がかつての北フランスのシャルルマーニュの宮廷であったことと比べると、アリエノールとともにイギリスへ渡った南フランスの文化が、今度はイギリスから北フランスへ還流した過程が見えてきます。南フランスで発明された精美の愛の概念はイギリスを経由して北フランスにおいて宮廷風恋愛のさまざまな花を咲かせました。そのなかでもクレチアン・ド・トロワの作品はもっとも美しいものに数えられています。

あとがき

　恋愛という言葉は誰でも知っていますし、多くの人がなんらかの形で恋愛を体験していることでしょう。文学でも、芝居や映画でも、アニメやマンガなどといった多くのメディアでも、恋愛を描く作品は数限りなくあります。そして「恋愛とはなにか」という問いもそのなかでしばしば発せられ、その答えも数多く出されてきました。ところが、日本を含めて世界中の人々が現在共有している恋愛観、すなわち精神的恋愛のあり方、の起源である十二世紀フランスの文学作品にまでさかのぼることはほとんどないようです。

　確かに、いまから八〇〇年も昔の遠い国の文学に親しむことなどマニアックな読書でしかないと思われるかもしれません。現代社会では、日進月歩どころか秒進分歩とさえ言われ、あらゆるものがすぐに時代遅れになってしまうような感じさえします。そこで求められる知識は時代を乗り切るための技術であり、すぐに役に立つハウツー的なものです。そういった世のなかでは、たとえば十年前に提出された社会現象の分析は、いまではもう時代をとらえていないと感じられます。その上、文学はすぐには役立たない無用の長物として周辺へと移動させられているのが現状です。書店に行くと、現在を伝える雑誌コーナーは人だかりなのに、文学の棚の前に行くと人影もまばらという情景によく出会います。そんななかで、過去の、しかも外国の文学作品を読むことにはどのような意味を見いだせるでしょうか。

小説『薔薇の名前』の作者として有名な記号学者ウンベルト・エーコと話していた際に、「ダンテの『神曲』のもっとも悪い読者はダンテの同時代人だ」と言われ、驚いたことがありました。彼によれば、ダンテの同時代の読者は、どの場面の誰それはフィレンツェの誰それだといった形で登場人物のモデル探しばかりしていて、実につまらないしかたでしか『神曲』を読まなかったというのです。それに対して、後の世代の読者たちがこの作品に対して優れた解釈を施し、古典的な名作としたのだというのがエーコの説でした。

確かに時代に密着しなければその時代の具体的な事実はわかりません。しかしそのいっぽう、時代から離れることで見えてくる原理もあります。時代を超えた芸術に親しむ価値がここにあります。

本書で扱ったのは十二世紀のフランス文学という一見遠く感じられる物語ですが、しかし、マリー・ド・フランスのレーのような短めで昔話的な物語から読み始めてみると、いまの私たちに通じる恋愛観を比較的容易に読みとれるはずです。よく知られているトリスタンとイズーの物語を十二世紀の二つの版で読めば、またおもしろさが違ってきます。エロイーズの愛の言葉は現代の読者をもびっくりさせるほど率直です。ランスロは女性には理想の恋人像と見えるかもしれません。

本書のなかで見てきたように、現代においても、精神的とされる恋愛観は十二世紀に生まれたものとほぼ同じです。たとえば、不倫の恋愛はなぜ燃え上がるのか。その答えはトゥルバドゥールの恋愛詩を知っていれば簡単です。恋愛には障害がつきものであり、その後の時代の物語を見ても、ロメオとジュリエットの場合であれば二人の家の対立、マノン・レスコーや椿姫であれば娼婦と貴族の間の家柄の違い、別の純愛物語であれば病気や偶然のいたずらが障害になります。妨げられることで恋愛感情が高まるしくみも十二世紀のフランス文学が教えてくれます。時代が違うために違和感を覚える記述や社会状況もありますが、そうしたものを乗り越えて読んでいくと、私たちがいま感じている恋愛観がまさに発生しようとしている現場に立ち会うことができます。いまを知るためにはいまを研究するだけではなく、いまの考え方が発生するもととなった起源を知ることも大切です。

そして、いったん過去の作品と私たちのつながりが見えてくると、読書から汲み取った恋愛観から今度は自分自身の恋愛観も見えてきます。あなたはトゥルバドゥールのような理性的恋愛派でしょうか、それともトリスタンとイズーのような情熱恋愛派でしょうか。また、現代日本の男性の多くが女性に献身的な愛を捧げるランスロ的でなく、またそうなりたいと思わないのはなぜでしょうか。このように過去の作品を通して、時代によって変化するものと変化しないものとが浮かび上がってきます。そこから生まれるこうした問いが、「恋愛とはなにか」というもっとも大きな質問に対して自分なりの答えを出すヒントになります。

文学はすぐに役に立つ情報を与えてくれるわけではありません。しかし、ゆっくりと心や体にしみこみ、私たちの自我を形成する栄養を与えてくれる大切な糧だといえます。そして、時間を超えて私たちに届けられた過去からの贈り物を大切にすることが、いまこそ求められているのではないでしょうか。

本書は神戸海星女子学院大学での講義を出発点として生まれました。授業に参加しさまざまな意見で私を啓発してくれた学生たち、卒業後もずっと私の質問につきあい続けてくれる卒業生たち、最初に彼女たちに感謝の気持ちを捧げたいと思います。各部の扉絵は私のゼミの卒業生、大音彩子さんの作品です。大学は研究と教育の場だと言われますが、教育現場における対話が研究活動にとっても有益であることをつねに実感しています。それぞれの章は最初、講義ノートをもとに書かれたもので、その際には十二世紀における作品の受容を中心に論じました。その後、京都大学学術出版会の佐伯かおるさんから色々なご指摘をいただき、本書全体の視点を二一世紀の女性が十二世紀の作品からなにを読みとれるかというものに変更し、ばらばらだった論考を一貫性のあるものとしてまとめることができました。編集の力によって本書をこのような形で成立させてくださった佐伯かおるさんに心より感謝申し上げます。そして最後に、私の仕事をつねに支え続けてくれる妻の千津子に、grand merci !

さらによく知るための読書案内

1　本書の中で主に参照した作品

◎『フランス中世文学集1　信仰と愛と』白水社、一九九〇年
「聖アレクシス伝」（神沢栄三訳）
「ロランの歌」（神沢栄三訳）
ベルール「トリスタン物語」（新倉俊一訳）
トマ「トリスタン物語」（新倉俊一訳）
南仏詩人（トゥルバドゥール）詩集（天沢退二郎、新倉俊一他訳）
◎『フランス中世文学集2　愛と剣と』白水社、一九九一年
クレチアン・ド・トロワ「ランスロ」（神沢栄三訳）
◎ベディエ編『トリスタン・イズー物語』（佐藤輝夫訳）岩波文庫、一九五三年
◎『アベラールとエロイーズ――愛と修道の手紙』（畑中尚志訳）岩波文庫、一九三九年
◎『十二の恋の物語――マリー・ド・フランスのレー』（月村辰雄訳）岩波文庫、一九八八年

◎アンドレアス・カペルラヌス著、ジョン・ジョイ・パリ編『宮廷風恋愛の技術』（野島秀勝訳）法政大学出版局叢書ウニベルシタス、一九九〇年

2　それ以外の翻訳、翻案など

◎プーブリウス・オウィディウス・ナーソー『恋の手ほどき　惚れた病の治療法』（藤井昇訳）わらび書房、一九八四年
◎『エネアス物語』（原野昇他訳）渓水社、二〇〇〇年
◎アンドレーアース・カペルラーヌス『宮廷風恋愛について——ヨーロッパ中世の恋愛術指南の書』（瀬谷幸男訳）南雲堂、一九九三年
◎瀬戸直彦編著『トルバドゥール詞華集』大学書林、二〇〇三年

3　十二世紀以後のフランス文学を代表する恋愛物語

◎コルネイユ「ル・シッド」『コルネイユ名作集』白水社、一九七五年
　十七世紀フランスを代表する劇作品。父親同士が敵となった二人の恋人ドン・ロドリーグとシ

メーヌは、父の敵として愛する人を追求するか、恋を取るかという、義務と恋の板挟みになります。コルネイユの中では、恋愛は理性的なものであるべきであり、恋におぼれることはかえって恋を失うことになります。そして、二人の恋人はお互いに義務を選び、相手にふさわしい人間であることを証明することで、最後は晴れて結ばれることになります。ですから『ル・シッド』は理性的な恋愛観を中心になりたっている恋物語であるといえます。

◎ラシーヌ「フェードル」『フェードル　アンドロマク』（渡辺守章訳）岩波文庫、一九九三年

義理の息子に恋をしたフェードルは、抑えても抑え切れない愛の情念にさいなまれ、最後は自殺してはててしまいます。十七世紀の代表的な悲劇作家であるラシーヌのこの作品のなかでは、「恋は毒」「弱さとは人間にあまりに自然なこと」などという表現が数多く使われ、恋愛とは情念によって引きずられる宿命であり、人間の理性はその前では無力であることが美しい表現で描き出されています。『ル・シッド』と対極にあるこうした考え方は、滅びに美を見出だす日本人的な感受性により訴えかけるものが多いのではないでしょうか。

◎アベ・プレヴォー『マノン・レスコー』（青柳瑞穂訳）新潮社、改装版、二〇〇〇年

十八世紀と十九世紀には、愛が死を導き、そこに美を見出す恋愛のかたちが好まれます。そのもっとも有名な例がこの『マノン・レスコー』です。ここでは、愛の対象となる女性マノンは娼婦で、貴族の若者デ・グリューとの身分の違いが障害になります。ここではこうした障害が恋愛

感情を高めるという意味でも、十二世紀的な恋愛図式にのっとっているといえます。そして、『椿姫』『カルメン』『アルルの女』でも同じですが、恋愛にとらえられた若者たちは運命の力にどうしようもなく打ちのめされ、死が愛をその頂点で永遠に固定します。恋する人間を破滅させる燃えたぎる情念を前にして、理性はまったくの無力です。リヒャルト・ワーグナーがオペラ『トリスタンとイゾルデ』を作り上げ、愛と死のテーマを壮大に歌い上げたのも同じ流れのなかにあります。

◎マルグリット・デュラス『愛人（ラマン）』（清水徹訳）河出文庫、一九九二年

中国人青年との最初の性愛経験を語ったマルグリット・デュラスの自伝的作品である『愛人』は一九八四年に出版され、一九九二年には映画化もされています。この作品からは、二〇世紀においては恋愛が精神的な問題であるという十二世紀的な発明が八〇〇年の時を経て終焉を迎えたことを読みとることができます。二〇世紀の後半には人々を納得させるだけの障害がもはや存在しなくなり、愛し合う恋人はそのまま感情と肉体をぶつけ合うことが可能になります。そうしたなかで愛を描くとすれば、それは必然的に肉体を伴うことになります。『愛人』の赤裸々な性表現はその現れであると言えます。ちなみに、純愛がブームになるとすれば、それは本流が精神的な恋愛から性愛へと移行したためその余白に生み出された徒花であるということになります。

4　中世の社会と文化を知る

◎阿部謹也『西洋中世の男と女――聖性の呪縛の下で』筑摩書房、一九九一年

個人的な人間関係も実際には社会的な制約に大きく影響されています。この本の中で阿部謹也は、ヨーロッパ中世において聖職者の論理と貴族の論理が対立する中で、愛と性の関係がどのように規定されていったのか大変にわかりやすく解説しています。「自分のなかを掘る作業」が歴史を学ぶことだという阿部謹也の歴史学者としての姿勢が本書の面白さの根底にあります。そうした視点から書かれた歴史は私たち自身のことをよりよく知る手がかりを与えてくれます。

◎ジョルジュ・デュビー『中世の結婚――騎士・女性・司祭』(篠田勝英訳) 新評論、一九八四年

著者であるジョルジュ・デュビーは、フランスの歴史学で大きな影響を及ぼしたアナール派の中心的な学者です。アナール派は、政治的な出来事ではなく、一般の人々の風俗や感受性を研究の対象とし、人間そのものの解明に力を注いでいます。デュビーが本書の中で対象としたのは、中世における結婚です。そして、その結婚が実際にどのようなものであったのか、騎士がどのようにして妻を娶ったのかを膨大な歴史的な資料にもとづきながら解き明かしていきます。同じ著者がアリエノール・ダキテーヌ、エロイーズ、イズーなどの女性により多くの焦点を当てたものに、『一二世紀の女性たち』(新倉俊一・村松剛訳、白水社、二〇〇三年) があります。

◎ジャンヌ・ブーラン、イザベル・フェッサール『愛と歌の中世——トゥルバドゥールの世界』(小佐井伸二訳)白水社、一九八九年

トゥルバドゥールの詩の解説としては、アンリ・ダヴァンソン『トゥルバドゥール——幻想の愛』(新倉俊一訳、筑摩書房、一九七二年)が有名ですが、わかりやすい解説とカラー図版、アンソロジーという構成になっている本書の方が親しみやすい入門書だといえます。また、トゥルバドゥールの詩は読まれるというよりも歌われたのですから、ぜひ聞いてみたいものです。幸いなことにポール・ヒリアー(バリトン)の歌う「プロエンサ/中世トゥルバドゥールの恋歌」(ECM JOOJ 20301)やセクエンツィアの「恋愛歌人・トゥルヴェールの伝統」(一一七五—一三〇〇年ごろ 北フランスの宮廷恋愛歌集)(BMG JAPAN BVCD-3006-07)といったCDで、当時の歌を耳にすることができます。

◎ジャン・フラピエ『アーサー王とクレチアン・ド・トロワ』(松村剛訳)朝日出版社、一九八八年

本書は、中世フランス文学最大の作家であるクレチアン・ド・トロワに関する最良の入門書です。最初にクレチアンが活躍した時代と作品に関する記述があり、次に主要な作品のあらすじと明快な解説が続きます。そして最後にクレチアンの独創性と彼の作品の後世への影響がどのようなものであったのかが説明されます。同著者の『聖杯の神話』(天沢退二郎訳、筑摩書房、一九九〇年)は、「ペルスバル」を中心にした聖杯伝説を扱っていますが、学問的でありながら、サスペ

ンスのような面白さがあります。

◎新倉俊一『ヨーロッパ中世人の世界』ちくま学芸文庫、一九九八年（初出は筑摩書房、一九八三年）

十二世紀フランス文学の全体像を解説した概説書ではそれぞれの作品の面白さはなかなか伝わってきません。新倉俊一は、個別の作品を時代の文脈に即して分析しながら、中世における愛の問題、死や夢の問題を解明し、中世文学の核心に読者を導いてくれます。本書の続編ともいえる『フランス中世断章――愛の誕生』（岩波書店、一九九三年）では、宮廷風恋愛の対極をなす町人文学も考察の対象となっていますので、反恋愛文学の流れを知ることもできます。

◎伊東俊太郎『一二世紀ルネサンス――西欧世界へのアラビア文明の影響』岩波セミナーブックス、一九九三年

ヨーロッパとアジアとりわけ中近東との交流を具体的にたどりながら、十二世紀ルネサンスにおけるイスラム文明の直接的な影響を解き明かす、大変に興味深い研究です。そして、そのなかで、トゥルバドゥールの恋愛詩の起源にもアラビア文明の影響があったことをほぼ証明していきます。また、本書は専門的な内容にもかかわらず、岩波市民セミナーでの講演をもとにしていますので、読みやすい言葉で書かれています。

◎木村尚三郎他『物語にみる中世ヨーロッパ世界』光村図書出版朝日カルチャー叢書、一九八五年

本書ではそれぞれの分野の専門家が、ペローの童話（木村尚三郎）、ロラン（新倉俊一）、トリ

スタン（新倉俊一）、ジャンヌ・ダルク（高山一彦）、アーサー王（井村君江）、ロビン・フッド（城戸毅）、ニーベルンゲンの歌（平尾浩三）といった中世を代表する物語や歴史上の人物を通して、中世の社会の様相、生活の意識、価値観などを描き出しています。また、朝日カルチャーセンターでの講義がベースですから、とても読みやすく、中世社会を知るための入門書として優れたものになっています。

◎中木康夫『騎士と妖精――ブルターニュにケルト文明を訪ねて』音楽之友社、一九八四年

十二世紀はヨーロッパ文明の根底に横たわるケルト文明とキリスト教的な世界観との衝突はマリー・ド・フランスのレーやトリスタン物語にはっきりとした痕跡を残しています。文学の楽しみの一つは作品の舞台となった土地を実際に訪れることですが、本書はフランスのブルターニュ地方の文学的紀行文といえます。ドビュッシーによって作曲された「沈める寺」のモデルであるイスの町の伝説や、イズー、聖杯の騎士、青ひげなどをたどりながら、ブルターニュ地方への魅力的ないざないとなっています。

5　恋愛観の変遷を知る

◎スタンダール『恋愛論』（大岡昇平訳）新潮文庫、一九七〇年

世界中でもっともよく知られている恋愛論といえばなんといってもスタンダールのものです。そのなかでも愛の結晶作用という言葉は有名です。ザルツブルクの塩坑で葉の落ちた小枝を深い廃坑に投げ込んでおくと、二、三カ月後にその枝が輝かしい結晶で覆われているのと同じように、恋愛も自分が望む幻想を相手に投影するものであるという考え方で、日本でいう「あばたもえくぼ」と同じことです。ちなみにスタンダールはこの『恋愛論』の「補遺」で、アンドレ・ル・シャプランによって描かれた恋の宮廷の紹介をしています。恋愛について考えるとき、この一冊は欠かせません。

◎佐伯順子『恋愛の起源——明治の愛を読み解く』日本経済新聞社、二〇〇〇年

佐伯順子は江戸から明治にかけての恋愛の変遷を、「色」から「love の翻訳としての恋愛」という言葉で説明しています。色とか情とは肉体的な側面を色濃く持った感情であり、それが明治期になって精神性を重んじる恋愛に変わったというのです。この変遷はまさに十二世紀のフランスで発明された恋愛観と対応しています。ですから、十二世紀フランスの恋愛を知ることは「明治の愛」の起源を知ることと直結しています。

水野　尚（みずの　ひさし）

1955年生まれ．慶応義塾大学文学研究科博士課程単位認定退学．
パリ第12大学（クレテイユ）文学博士（2002年）．
神戸海星女子学院大学文学部講師，助教授を経て，2004年より同大学教授．

【主要業績】

『物語の織物：ペローを読む』彩流社，1997年．

Nerval. L' Écriture du voyage, Champion, 2003.

Médaillons nervaliens, Nizet, « Études du Romantisme au Japon », t. II, 2003.（編著）

Quinze Études sur Nerval et le romantisme, Kimé, 2005.（編著）

恋愛の誕生 12世紀フランス文学散歩 学術選書 015

2006年9月10日 初版発行

著　　者…………水野　尚
発 行 人…………本山　美彦
発 行 所…………京都大学学術出版会
京都市左京区吉田河原町 15-9
京大会館内（〒 606-8305）
電話（075）761-6182
FAX（075）761-6190
振替 01000-8-64677
URL http://www.kyoto-up.or.jp
印刷・製本…………㈱太洋社
カバー・イラスト…………井上よしと
装　　幀…………鷺草デザイン事務所

ISBN　4-87698-815-3
定価はカバーに表示してあります